**ALEXANDER KRONENHEIM**

# DER LANDSER

# BREITINGER

*Bibliografische Information der Deutschen Nationalbibliothek:*
*Die Deutsche Nationalbibliothek verzeichnet diese Publikation in der Deutschen Nationalbibliografie; detaillierte bibliografische Daten sind im Internet über http://dnb.dnb.de abrufbar.*

© *2017 **Alexander Kronenheim** ; 1. Auflage*

*Covergrafik und Texte: © 2017 Alexander Kronenheim*

*Herstellung und Verlag: BoD – Books on Demand, Norderstedt*

ISBN: 9783743161870

**Inhalt** **Seite**

Der Reservist Breitinger 6

Die Feuerwassertaufe 8

Wie der Reservist Breitinger Arras erobert  e 22

Der verlorene Brotbeutel 31

Für die Katz 46

Brüderschaft 55

Das Fest im Maisfeld 70

Sargnagel — halb und halb 85

Der Sergeant Adam 97

**Der Reservist Breitinger**

Es hat sicher strammere Soldaten gegeben als den Reservisten Breitinger, die auch besser im Bild waren über den Krieg, seine Ursachen und seine Aussichten, über die sich der Breitinger niemals den Kopf zerbrochen hat.

Wenn ich aber heute zurückdenke und mir ein Bild machen will von jenem unverwüstlichen, bis in die letzte Faser echten Landser, der seine geschlagenen fünfzig Monate Weltkrieg an beinahe allen Fronten durchgehalten hat, dann steigt das Bild Breitingers herauf.

Ein mittelgroßes, über Brust und Schultern fast dürftig zu nennendes Mannsbild war der Breitinger, mit einem struppigen Haarschopf, der immer aussah, als wären die Haare eben mit einer Heugabel auf den Kopf geworfen worden. Bis die Gasmaske in Schwung kam, trug der Breitinger außerdem einen wilden Räuberbart, den er sich höchst eigenhändig mit der Drahtschere zurechtschnitt.

Viel Staat war mit dem Reservisten Breitinger nicht zu machen, doch einen zäheren Kerl fand man so leicht auch nicht wieder. Von Beruf Gussputzer in einer großen Maschinenfabrik, brachte der Breitinger zwei Eigenschaften mit, die sich aus seinem Handwerk herleiten: Kein noch so arger Lärm oder Dreck brachte ihn aus der Ruhe und Durst hatte der Breitinger noch und noch.

Statt diesen Steckbrief noch weiter auszuführen, wird es besser sein, den Breitinger in seinen Taten und Meinungen ungeschminkt vorzustellen. Zu diesem Zweck seien einige Geschichten erzählt, die ihn in voller Lebensgröße zeigen und mit allen Lichtern und Schatten seines Charakters.

**Die Feuerwassertaufe**

Mit noch sechzig Mann Ersatz war auch der Reservist Breitinger zur Kompanie gekommen. Das begab sich vorgestern abends in Oppy. Die Kompanie war den ganzen Tag in der Staffel gefolgt und rückte abends in das brennende Fresnoy ein. Wie gewöhnlich fehlten die Feldküchen, was auf den Breitinger den ungünstigsten Eindruck machte. Er ließ sofort verlauten, dass ihm ein richtiger Schlag Bohnen jetzt wichtiger wäre als das schönste „Sprung auf - marsch, marsch!"

Kurz nach Mitternacht trat die Kompanie an. Fahl ergoss sich das Mondlicht über die Äcker und spaltete Schatten ab von den letzten riesenhohen Ulmen des Schlossparks von Fresnoy. Vorn schimmerte die Straße Fresnoy-Beaumont und war deutlich zu überschauen vom Parkausgang bis zum

Eintritt in eine Ortschaft, die höchstens vierhundert Meter entfernt lag.

War diese Ortschaft rein? Hauptmann Helmer ließ die Gräben besetzen, die neben der Straße liefen und fühlte selbst mit der Spitzengruppe auf den Ortseingang zu.

Was kam da um die Ecke?

Einsam radelte, die Hände auf dem Nacken verschränkt, ein Soldat die Straße herauf. Er musste Überfluss an Zeit und Gemütsruhe haben, weil er im schönsten Bummeltempo die Pedale trat und die kunstvollsten Zickzacks vollführte. Dazu pfiff er aus vollen Backen und unter Aufwand von Gefühl das schöne Lied „Guter Mond, du gehst so stille …". Den halblauten Anruf des Hauptmanns quittierte der radelnde Nachtwandler nur mit einer phlegmatischen Kopfwendung. Erst ein zweites „Halt!" vermochte, dass er absaß und sich mit einer Stimme, die wie angeborenes Jodeln klang, vorstellte.

„Infanterist Hussak!... Zum Stab 10. Reserve-Regiments !... Arleux vom Gegner frei...! Feind schanzt auf der Höhe hinter Arleux!!!"

Diese außerordentliche Erzählung gab der Mann in einem Ton, als ob er sagen wollte: Was geht mich das an? Er schwankte dazu auf den langen Stacksbeinen und roch nach Rosen, die nur in einer vollen Schnapsbuddel blühen.

Hauptmann Helmer traf diese Art Radfahrer wohl zum ersten Mal und suchte nach dem angemessenen Verkehrston.

„Mensch, stimmt das alles, oder bist du bloß besoffen?"

Der Infanterist Hussak war ein Muster an Biedersinn und Offenherzigkeit. Zunächst meckerte er pflichtschuldigst über den Witz eines

Vorgesetzten, ehe er diese doppelsinnige Antwort gab:

„Bin ich auch, Herr Leutnant!... Zu Befehl!... Aber das andre stimmt alles!..."

Kurzerhand befahl der Hauptmann dem nächtlichen Radfahrer, aufzusitzen und die Kompanie ins Dorf zu führen. Radfahrer Hussak voraus, dahinter Hauptmann Helmer mit der Spitzengruppe und in fünfzig Schritt Abstand die Kompanie: So zogen wir im Dorf Arleux-en-Gohelle ein, als die Kirchturmuhr gerade zwei Uhr morgens schlug. Die Meldung stimmte in allen Teilen.

Von diesem nächtlichen Erlebnis war niemand stärker betroffen als der Kamerad Breitinger. War er doch seinem Ideal leibhaftig begegnet. Dieser Rad fahrende Philosoph Hussak hatte die Welt mit allem überwunden, was darin war, den Krieg inbegriffen. In dieser Nacht gedieh eine Freundschaft, die gegen den Morgen zu bei

Breitinger schon die Form einer verdächtigen Begeisterung annahm. Er ging unsicher auf den Beinen, schüttelte ohne Grund den Kopf und lachte glucksend, wenn einer nach Anlass und Absicht dieser guten Laune forschen wollte. Den Lehrmeister Hussak musste Breitinger bei Tagesanbruch ziehen lassen. Infanterist Hussak steckte den Ausweis des Hauptmanns über seinen nächtlichen Aufenthalt ins Hinterfutter, schwang sich nüchtern und dienstbewusst aufs Rad und strampelte los, dass die Straße staubte. Am Dorfausgang kehrte er sich, ohne die Fahrt zu mäßigen, um, steckte zwei Finger in den Mund und pfiff gellend zum Abschied. Breitinger dankte mit dem gleichen Pfiff.

Der Sonntag von Arleux brach mit heiterem Himmel und milder Luft an und malte den sauberen Häuschen des Dorfes liebevolle Kringel und Kreisel auf Türen und Fenster.

An der rückwärtigen Wand eines stattlicheren Hauses lehnte eine hohe Leiter, die zwei obersten Sprossen noch über den Dachgiebel hinausgereckt. Dort oben saß Leutnant Gebert am Fernrohr und rief in den Hof hinunter, was er sah. Major Häberling, der Bataillonsführer und Hauptmann Helmer schrieben in Stichworten nach.

„Höhe hinter Arleux stark besetzt!... Gräben sind behelfsmäßig ausgehoben!... Auf der Straße nach Bailleul Artillerie!... Drei - nein! - vier Feldgeschütze !... Über den Telegraphenberg geschlossene Kolonnen im Anmarsch!... Mindestens zwei Bataillone !... Bahndamm bei Farbus wird eben besetzt'"

Der Major wechselte einige Worte mit dem Hauptmann, grüßte und ging rasch aus dem Hof. Leutnant Gebert kletterte von der Leiter und schloss sich dem Kompanieführer an, dessen Gesicht langsam rot anlief.

Hinter den Zäunen und Hecken des Ortsrandes breitete sich die Kompanie zum Gefecht aus. Hauptmann Helmer stieß den rechten Arm hoch und über die Wiese rechts sauste schon der Zug des Leutnants Gebert auf die verschanzte Höhe los. Der Hauptmann hob den linken Arm und der linke Zug kam ins Rennen. Er sprang selber hoch und warf die Mitte der Kompanie gegen die Stirnseite des Hügels.

Rasendes Feuer fegte über die anlaufende Truppe. Die Straße schnitt sich immer tiefer in den Boden und lockte unwillkürlich die nächsten Gruppen in ihre sichere Hut. Bald ging die halbe Kompanie Mann hinter Mann in diesem Einschnitt geduckt vor.

Ganz allein auf dem ausgesetzten Scheitel sprang noch der Breitinger. Er schrie und grölte aus vollem Hals, schwenkte einen länglichen, flaschenförmigen Gegenstand herausfordernd nach der Feindseite und blieb plötzlich stehen, breit gegrätscht, das Gewehr in die linke Achsel gezwickt. Er schüttelte die Flasche prüfend, nahm einen endlosen Schluck, torkelte in einem Viertelkreis und stützte sich, den Finger an der Stirn, tiefsinnig auf das Gewehr. Nahm alsdann den Tornister bedächtig ab, knetete ihn zupass und legte sich längelang, der kugelspeienden Höhe verächtlich die Rückwand zeigend, auf dem Fleck nieder, in einem Arm das Gewehr, im anderen die Flasche, den Kopf auf dem Tornister, die Füße in einer Himbeerhecke.

Das Gefecht flocht sich von Stunde zu Stunde enger und wirkte den ganzen Umkreis in ein blutiges Gespinst. Es ging nicht vorwärts bis in den späten Nachmittag. Dann griff Artillerie ein und schoss den zähen Gegner aus der Hügelstellung. Die Kompanie, stundenlang an einen Fleck genagelt, kam wieder in Schwung und als die ersten Schrägschatten dunkle Dreiecke aus den

Feldern zackten, lag sie gesammelt auf der Höhe hinter Arleux.

Vor der Höhe waren da und dort graue, regungslose Häufchen zu erkennen, die Toten des Tages, einer davon Leutnant Gebert, dem ein Geschoß Fernglas und Halsschlagader zertrümmert hatte.

Major Häberling, in der Kompanie mit vorgegangen, drückte dem Hauptmann Helmer schweigend die Hand, drehte sich um und salutierte den Toten im Tal. Ohne Befehl erhob sich die stark gelichtete Kompanie, nahm den Stahlhelm ab und stand im frühen Abendschatten den stummen Kameraden die Ehrenwache.

Ein Wunder? - Ein Wahn? -

Unter den Toten regte sich einer, richtete sich in Sitzstellung auf und rieb gewaltig Augen und Nase. Drückte sich dann bedächtig vom Boden weg, schwang den Tornister über und trollte auf den Hügel zu.

Der Degen des Majors senkte sich.

„Schockschwerebrettl... Was ist da los?!!"

Die Kompanie feixte. Der von den Toten Erstandene war - Freund Breitinger. Den Struppschädel schief gestellt, immer wieder Blicke zurückwerfend und in verwundertes Kopfschütteln fallend, stelzte er gemächlich den Hügel herauf. Des Majors ansichtig, gab er seinem Helm einen Beutler, dass der Helm regelrecht saß, fiel in Haltung und brüllte mit verschlafener Stimme:

„Reservist Breitinger zur Stelle!"

Diese erschütternde Neuigkeit traf den Major bis in die Nieren.

„Wo kommst du denn her geschneit, mein Lieber?... Bist du denn nicht tot?... Erzähl doch mal, was du in den letzten Stunden getrieben hast?"

Breitingers Gesicht war ein einziges Ausrufungszeichen. Er begriff sichtlich nur die letzte Frage und stellte deshalb schlicht und wahrheitsgemäß fest:

„Geschlafen, Herr Major!"

Nun wandelte sich der ganze Major in ein Fragezeichen.

„Geschlafen? ... Allerhand Hochachtung!... Wo denn geschlafen, mein Sohn?... Doch nicht da hinten?..."

Der Major wies zu der Stelle, wo sich Breitinger aufgerappelt hatte. Der Zweifel ging Breitinger wohl an die Ehre, denn er verstärkte seine Stimme noch.

„Zu Befehl, Herr Major!... Da hinten!..."

Worauf der Major zunächst in Stillschweigen versank, Breitinger unsicher vom Kopf bis zum Fuß musterte und mit kurzen Schritten um ihn herumging.

„Also geschlafen hast du?... Und da hinten, wo keine Maus unbemerkt ins Loch schlüpfen kann? ... Das muss ich mir aufschreiben ... Aber wie kommst du denn dazu, mitten im Gefecht Klappendienst zu halten? ... He, mein Lieber?"

Jetzt wurde die Sache für den Breitinger kitzlich. Er würgte und murkste etwas von arger Müdigkeit und dass er sich früh kaum noch auf den Beinen halten konnte. Weil der Major ruhig zuhörte, redete sich Breitinger schnell frei und schilderte mit schöner Anschaulichkeit, wie er in der Kompanie vorgegangen wäre, wie es ihm plötzlich schwarz vor den Augen geworden sei und wie ihn wohl eine Ohnmacht befallen hätte.

„Ohnmacht? ... So schaust du aus!... Gesoffen wirst du Luder haben, bis es dir bei den Knopflöchern herausgelaufen ist... Ich kenne doch meine Pappenheimer!..."

Breitinger schwieg auf diesen Anpfiff hin in allen Sprachen, hielt aber im Stillen den Major für einen Kenner, der sich nichts vormachen ließ.

„Natürlich!... Es kann gar nicht anders sein ... Da hinten schlafen!... Nur eine besoffene Sau kommt dem Messer aus ... Herr Hauptmann!... Bitte, diesen Mann bei nächster Gelegenheit vorzunehmen!"

Diese Gelegenheit fand sich in einer Viertelstunde. Breitinger schob eine Strafpatrouille, saß aber eine Stunde später bereits im Lagerkeller der brennenden Brauerei von Willerval. Das flandrische Rauchbier löschte den grässlichen Durst und so war es nur in Ordnung, dass der Reservist Breitinger den Major Häberling und den

Hauptmann Helmer mehr als einmal hochleben ließ. Ihnen dankte er Strafe und Genuss.

Rasch wurde die Geschichte im ganzen Regiment bekannt und lief bald in der Division um als die „Feuerwassertaufe". Nur wechselte der Held dieser tapferen Begebenheit öfters die Person, obwohl das wirkliche Ereignis einzig und allein dem Reservisten Breitinger unterlaufen ist.

## Wie der Reservist Breitinger Arras eroberte

Jene Strafpatrouille, die der Breitinger als Belohnung für seine Feuerwassertaufe aufgebrummt bekam, muss noch näher geschildert werden. Ich kann das besser als jeder andre, weil ich an dieser Patrouille beteiligt war. Geführt wurde sie von dem Gefreiten Lapp. Das war ein mickriges Männchen von Gestalt, aber ungeheuer selbstbewusst und von seiner Gefreitenwürde maßlos eingenommen. Zur Patrouille gehörten noch der Breitinger als Ehrenmitglied und der Reservist Haueisen, auch eine feine Nummer.

Wir sollten über die Kleinbahn Vimy-Arras nach Westen hin aufklären und so weit vorgehen, wie die Gegend vom Feind unbesetzt war.

Eine Karte hatte der Gefreite Lapp zwar dabei, sie hörte aber hinter Douai auf und konnte uns also so viel wie gar nichts nützen. Deshalb wälzte der Gefreite Lapp auch schwere Sorgen von wegen

Verlaufen und Nichtmehrheimfinden. Der Breitinger teilte diese Sorgen nicht. Er gab nichts auf Karten und verließ sich ganz auf seine Nase, die unfehlbar witterte, wo Bier, Schnaps oder Wein zu finden wäre. Was sollte der Breitinger auch mit einer Generalstabskarte anfangen? Lesen konnte er sie doch nicht, besaß aber dafür einen ausgeprägten Orts- und Spürsinn.

Die Bedeutung von Ortschaften schätzte der Breitinger nach der Größe der Kirche ab, die sich vorfand oder auch nicht da war. Wo die Kirche fehlte, hielt sich der Breitinger an die Wirtshäuser oder an eine etwa vorhandene Brauerei.

In den letzten Tagen war bei uns nur immer die Rede, dass wir nach Arras hineinmarschieren. Daran hielt sich der Breitinger und stapfte hinter dem Gefreiten Lapp nachdenklich in den trüben Abend hinein.

Die Bahnlinie war bald überschritten, ohne dass von einem Feind weit und breit etwas zu bemerken war. Hinter einem runden Hügel, der fast wie ein Katzenbuckel aussah, stieg dicker Rauch auf. Auf diesen Rauch hielten wir zu.

Der Rauch kam von einer Gruppe brennender Häuser, fünf an der Zahl, die sich um ein großes, massives Gebäude drängten. Am Zaun dieses Gebäudes ließ der Gefreite Lapp halten, denn ihm stiegen erhebliche Bedenken auf.

„Das kommt mir verdächtig vor ... Da hinein gehen wir nicht alle zusammen ... Einer muss voraus und kundschaften ..."

Für den Breitinger war es das gegebene Zeichen. Schon lief er über den Garten auf die brennende Häusergruppe zu. Auf einmal bekam es der Gefreite mit dem Verantwortungsgefühl.

„Wenn'se dem Breitinger jetzt eine aufbrennen!... Ich bin haftbar dafür... Es ist schon ein Jammer mit uns Gefreiten ... Überall stecken sie dich hin, wo eigentlich ein Unteroffizier hingehört... Bloß bei der Löhnung nicht!... Ein Kreuz ist es ..." Wir feixten zu diesem Klagelied, weil wir es auswendig kannten. Im Übrigen war die Besorgnis des Gefreiten völlig fehl am Platz, denn der Breitinger ruderte bereits mit geschwungenen Armen auf uns zu und schrie von weitem schon wie ein Zahnbrecher.

„Keine Maus in dem ganzen Kaff!... Aber ein Bier, Leuteln, ein Bier!... Oh, oha!... Also, ich hab die Kaluppen auf den Kopf gestellt, ob noch wer da is ... Kein Schwanz!... Im Keller vom letzten Haus steht euch aber ... Was steht euch da? ... Ein Mutterfass!... Ich drauf zu, den Feldkessel drunter und den Hahn auf... Was läuft raus? ... Bier!... Aber was für ein Bier!... Ein Staatsbier!... Breitinger, sag ich mir da, mit dir ist ein besonderer Schutzengel, der wo sich auskennt..."

Ohne den Gefreiten erst nach seiner Meinung zu fragen, bestimmte Breitinger, dass sich die Patrouille zunächst in den Keller zu verfügen und dem Bier die gebührende Hochachtung zu bezeugen hätte. Was auch geschah.

Der Keller war sackdunkel, während oben der Hausgiebel lichterloh flammte. Gefreiter Lapp schickte einen ängstlichen Blick hinauf.

„Wird uns doch das Dach nicht über den Kopf kommen? Und wir sitzen derweil drunten im Keller..."

Soviel Furcht bei so viel Durst hielt Breitinger für übertrieben.

„Brennen hast du auch noch nicht richtig gesehen, Schnapser... Vor einer Stund kommt der Giebel net runter... Wer Angst hat, hat keinen Durst und soll draußen bleiben ... Bei mir brennt's drinnen mehr und braucht nötiger das Löschen als da draußen ... Licht her! ... Gleich wird's geschafft sein..."

Einen glimmenden Dachspan blies Breitinger zur Flamme an und leuchtete mit dieser Fackel der Gesellschaft in den Keller hinunter.

Das flandrische Rauchbier schmeckte ausgezeichnet. Breitinger zapfte aus dem großen Mutterfass einen Feldkessel voll nach dem anderen ab und wir hielten uns wacker daran. Bald war die Stimmung so weit gestiegen, dass es zum Singen kommen musste. Der Reservist Haueisen stimmte mit einem mehr trinkfesten als klangvollen Bariton das schöne Lied an: Nach der Heimat möcht ich wieder, in der Heimat möcht ich sein...

Der Breitinger brummte dafür, was auf den Fall überraschend passte:

Im tiefen Keller sitz ich hier...

Es klang schauerlich-schön, denn jeder behauptete seine Melodie und schrie deshalb aus Leibeskräften.

Dem Gefreiten Lapp war die Lage recht unbehaglich. Er drängte zum Ausbruch, musste sich aber allerhand sagen lassen über mangelnden Mut und geringe Trinkfestigkeit. Darüber ärgerte sich Lapp schwer und goss mehr hinter die Halsbinde, als er vertragen konnte.

Ein mächtiges Poltern und Krachen jagte uns endlich aus dem Keller und von der Bierquelle fort. Der Giebel war heruntergekommen.

Nachts um zehn Uhr traf die Patrouille glücklich bei der Kompanie ein, die am Bahnhof von Petit-Vimy biwakierte. Der Hauptmann Helmer staunte nicht schlecht, als der Gefreite Lapp die Meldung erstattete: „Arras vom Feind frei!" und hauchte dann aber den Ärmsten mit voller Windstärke an, als er die Sachlage überschaut hatte.

Auf dem ganzen Rückweg hatte Breitinger dem benebelten Gefreiten eingeredet, die Patrouille wäre in Arras gewesen. Eine solche Brauerei und ein solches Bier könnte es nur in Arras geben. Die Stadt müsste schon deswegen besetzt werden.

Der Gefreite Lapp bekam die Unteroffizierstreifen auf diese Meldung hin erst ein Vierteljahr später und hatte bös zu schaffen, bis er die Scharte halbwegs wieder auswetzte. Der Breitinger ist aber felsenfest davon überzeugt geblieben, dass er damals Arras erobert hat. Seine Schuld wäre es nicht, das später kein deutscher Soldat mehr bis ans Ende des Krieges nach Arras hineingekommen ist.

Wo wir damals eigentlich waren? In dem kleinen Weiler Willerwal, der eine im ganzen Artois bekannte Brauerei besitzt, aber immer noch sieben Kilometer von Arras entfernt liegt!

**Der verlorene Brotbeutel**

Die Kompanie lag noch keine zwei Stunden im Quartier von Oppy, als auch schon der Befehl kam, es müsste sofort ein Zug nach Fresnoy vor und das dortige Schloss besehen, wo es nicht geheuer sei.

Natürlich traf es unseren Zug, der bei solchen ehrenvollen Aufträgen stets unheimliches Glück hatte. Der Reservist Breitinger fluchte, was der Stimmstock hergab, und marterte seinen Struppschädel mit der wichtigen Frage, was nun mit der Henne zu geschehen hätte, die halbgekocht in seinem Essgeschirr brodelte. Vor einer Stunde hatte der Breitinger diese Henne erst kriegsgefangen und gedachte, daraus eine Nudelsuppe zu kochen, die es in sich hat. In der schönsten Kocherei kommt nun dieser Befehl zum Aufbruch. Der Breitinger verwünschte den ganzen Feldzug. Immer hieß es auf und weiter, wenn es gerade einmal anfing, gemütlich zu werden. War es nicht vorgestern genauso gegangen? Da hatte der Breitinger im Schlosskeller von Lewarde eine gut im Sand versteckte Lage von Weinflaschen entdeckt und ausgebuddelt. Mindestens drei Dutzend Flaschen vom besten Rotwein waren es und dem Breitinger blutete jetzt noch das Herz, wenn er daran dachte, wie ihn der Leutnant Seiler bei der zweiten Flasche schon aus dem Keller gejagt hatte, weil die Kompanie vor musste. Wenigstens eine Flasche rettete der Breitinger noch. Vor fünf Minuten hatte er daraus den letzten Tropfen gesogen und nun sollte es mit der Henne wieder verquer gehen?

„Mitgenommen wird sie, und wenn ich sie bis nach Paris mitschleppen muss", brummte der Breitinger und stopfte das halbgare Geflügel in den Brotbeutel. Draußen vor der Scheune war der Zug bereits angetreten und der Leutnant Seiler schrie aufgebracht nach dem Breitinger, der drinnen noch immer herummurkste. Sie waren beide nicht gut aufeinander zu sprechen, der Herr Leutnant Seiler und der Reservist Breitinger und führten einen Krieg im Kriege, bei dem durchaus nicht immer der Leutnant Sieger blieb. Der Breitinger verstand es meisterhaft, den dummen Johann zu spielen, wenn der Zugführer wieder einmal auf ihn geladen war. Und das war am Tag nur vierundzwanzig Stunden der Fall. Auch jetzt schrie der Leutnant dem Breitinger seine geringe Hochachtung ins Gesicht und schwor, dieser Himmelhund von einem Bummelanten würde noch einmal an seinem Heldentod schuld sein. Den Breitinger rührte das weiter nicht. Er schaute stocksteif in die großen runden Brillengläser des Leutnants, und was er dabei dachte, behielt er wohlweislich für sich.

Es war schon Nacht geworden, eine warme, halbdunkle Oktobernacht. Am Himmel zog eine silbergraue Wolke hin, aus der es brandig roch. Sie kam von Fresnoy herüber, das lichterloh brannte.

Der Zug nahm seinen Weg über Weizenfelder und Rübenäcker. Die hohen Weizendiemen rauchten, denn unsere Artillerie hatte mit Brandgranaten hineingeschossen, weil diese Diemen für die französischen Jäger sehr willkommene und äußerst geschickt verwendete Stützpunkte darstellten. Mancher brave Kamerad war aus ihnen heraus abgeknallt worden.

Das Schloss von Fresnoy wurde ohne Zwischenfall erreicht. Leutnant Seiler verteilte seine Posten und stellte den Breitinger an das südliche Parktor. Er wollte ihn vom Schloss weghaben, denn er kannte seine Pappenheimer. Wo es eine Küche oder einen Keller in der Nähe gab, schob der Breitinger sofort und unermüdlich freiwillig Patrouille. Die guten Sachen konnten noch so raffiniert versteckt sein, der Breitinger schnüffelte sie aus und machte davon den einzig vernünftigen Gebrauch.

Warum er als Posten an das vom Schloss am weitesten entfernte Parktor gestellt wurde, wusste der Breitinger sehr gut. Erst ärgerte er sich etwas, dann gewann er jedoch rasch seinen Gleichmut wieder, der den Breitinger in keiner Lebenslage verließ. Die zwei Stunden waren auszuhalten, dann wurde er ja abgelöst und konnte sich im Schloss umtun. Weil das Rauchen streng verboten war, kaute der Breitinger wenigstens an seiner Stummelpfeife herum und betrachtete aufmerksam die Umgebung. Der Schlosspark von Fresnoy musste ein ehrwürdiges Alter haben, wenigstens ließ sich das aus den Bäumen schließen, unter denen der Breitinger stand. Wunderbare, untadelig gewachsene Ulmen waren es meistens, von denen wohl keine unter hundert Jahre alt war.

Unter einer besonders schönen Gruppe von Almen befand sich ein kleiner Vorbau aus Stein, eine Art offene Veranda mit einigen Tischen und Bänken.

Auf dieser Veranda entdeckte der Breitinger einige Menschen, einen alten, sehr vornehm aussehenden Herrn, eine nicht weniger aristokratische alte Dame und eine jüngere Frau mit zwei Kindern. Diese Menschen saßen und lagen auf den Bänken und rührten sich kaum. Eben trat Leutnant Seiler zu dem alten Herrn und musste ihn wohl überzeugt haben, weil sich alle von der Veranda in das Innere des Schlosses zurückzogen.

Der Breitinger litt nicht an einer Überfülle von Gemüt. Aber der Anblick dieser schweigenden Gruppe von Menschen hatte doch eine Seite in ihm angerührt. Er dachte an daheim und wie er es tragen würde, wenn fremde Soldaten auf heimatlichem Boden stünden. Ein Schloss hatte der Breitinger zwar nicht, doch ein Heim besaß auch er, wenn es auch nur eine bescheidene Mietwohnung in einer Vorstadt war. Ein leichter

Seufzer stieg in seiner Brust auf, wurde aber vom Breitinger sofort unterdrückt. Es war halt Krieg.

Dieser Krieg war übrigens deutlich genug zu merken. Eine unruhige Schießerei zerriss die nächtliche Stille. Bald knallte es gegen Süden zu, wo die Scarpe floss, dann im Norden, wo die Schlackenhalden von Lens aufragten. Im Abstand von einigen Minuten krachte in das Gewehrfeuer hinein der regelmäßige Abschuss eines einzelnen Geschützes. Dieser Abschuss klang grauenhaft eintönig. „Siebenundsechzig... achtundsechzig... neunundsechzig...!" zählte der Breitinger, bis wieder der schmetternde Klang der einsamen nächtlichen Kanone kam.

In der nächsten Nähe des Schlosses von Fresnoy blieb es ruhig, sogar auffallend ruhig. Mit gespannten Sinnen lauschte der Breitinger in diese Ruhe, konnte aber kein verdächtiges Zeichen entdecken, das auf feindliche Absichten schließen ließ. Die zwei Stunden Wache gingen vorbei, ohne dass etwas zu melden war, und der Breitinger wurde abgelöst.

Darauf hatte er schon lange gewartet, denn er wollte doch auf seine Art das Schloss besichtigen, obwohl er rechtschaffen müde und voller Schlaf war. Seit fünf Tagen war die Kompanie nicht mehr aus den Kleidern gekommen. Ein kurzes Schwanken zwischen seiner Müdigkeit und seiner Neugier ging schnell vorbei. Schlafen konnte er noch genug, aber wer weiß, wie lange sie in diesem Schloss blieben. Also zog der Breitinger zu seiner nächtlichen Streife los. Ins Schloss selbst kam er nicht hinein, weil es rings von Posten umstellt war, die zu einer anderen Kompanie gehörten. Von einem der Posten hörte der Breitinger, dass drinnen der tote Kompanieführer der Neunten aufgebahrt sei. Er war am späten Nachmittag beim Sturm auf das Schloss gefallen.

Die Nebengebäude waren bis auf den letzten Fleck mit Kameraden belegt, die den Breitinger laut und leise anknurrten, wenn er sie bei seiner Stöberei anstieß und im Schlaf störte. Als der Breitinger schon die Hoffnung aufgeben wollte, jemals etwas zu finden, stieß er im hintersten Hofraum auf eine kleine Remise. Die Tür war nur angelehnt und als der Breitinger nun den Kopf in die Remise steckte, fand er den Raum leer. Nur in einer Ecke lag ein großer Sandhaufen.

Wie ein Magnet das Eisen, zog dieser Sandhaufen den Breitinger an. Hatte er doch schon öfter als einmal die Erfahrung gemacht, dass in solchen harmlos aussehenden Sandhaufen ganze Weinlager versteckt waren. Eifrig buddelte er drauflos. Zunächst kam er nur auf Sand und nochmals Sand, dann fingerte er aber einen Gegenstand heraus, der seiner Form nach nur eine Flasche sein konnte. Es war auch eine Flasche, sogar mit einer silbernen Halskrause, ein Fund, der allerhand versprach. Mit einem geschickten Hieb des Seitengewehrs köpfte der Breitinger die Flasche. Champagner war es nun nicht, was er daraus sog. Das Zeug schmeckte bitter, aber nicht unangenehm, und löschte den Durst. Was er eigentlich in jener Nacht getrunken hatte, bekam der Breitinger nie heraus, weil in diesem Augenblick ein Höllenlärm losbrach.

Als wäre plötzlich ein Vulkan in der Gegend aufgetaucht, knallte und krachte, brüllte und tobte es von allen Seiten. Mit zwei Sätzen war der Breitinger aus seiner Remise, rannte dabei den Leutnant Seiler fast um, der seinen Zug zu sammeln versuchte, und stürmte mit den anderen auf das kleine Wäldchen zu, das sich an den Schlosspark von Fresnoy anschmiegte. Aus diesem Wäldchen kam der Höllenlärm.

Wir schossen uns bis zum Morgengrauen mit den französischen Jägern herum, die aus diesem

Wäldchen heraus ihren nächtlichen Überfall auf Schloss Fresnoy angesetzt hatten. Es war eine satanische Knallerei, bei der keiner den anderen sah und nur aufs Geratewohl dahin zielte, wo ein Mündungsfeuer aufblitzte. Als der Tag anbrach, hörte die Schießerei auf, und der Feldwebel Kormann sammelte den Zug im Schlosshof von Fresnoy. Alles war da bis auf den Zugführer, Leutnant Seiler und den Reservisten Breitinger. Außer einigen Streifschüssen hatte es auch keine Verwundungen gegeben.

Was war mit dem Leutnant und mit Breitinger geschehen?

Aus einer Umfrage ergab sich nur, dass Leutnant Seiler beim Beginn des nächtlichen Überfalls als einer der ersten aus dem Schlosshof gestürmt und durch das südliche Parktor gegen das Wäldchen zu gelaufen war. Den Breitinger hatte nach seiner Ablösung keine Menschenseele mehr erblickt. Der

Feldwebel suchte mit seinem guten Zeiss Fernglas das Wäldchen und die rechts und links anstoßenden Rübenfelder ab, konnte jedoch keine Spur der Vermissten entdecken. Auch zwei im Lauf der nächsten Stunden unternommene Streifen kamen ergebnislos zurück.

Um vier Uhr nachmittags, als alles voller Sehnsucht auf die Feldküche wartete, die hinten in Bois-Bernard stand, kam aus dem Wäldchen eine seltsame Prozession.

Zwei Soldaten, der eine feldgrau, der andre himmelblau, trugen auf einem Gewehr einen dritten Soldaten, der verwundet war. Der Feldgraue hatte den riesigen Armeerevolver des Leutnants in der Hand und zielte damit von Zeit zu Zeit auf seinen Mitsamariter.

Der Breitinger war es, und in seiner Gesellschaft ein junger französischer Jäger. Sie trugen den Leutnant Seiler auf dem Gewehr Breitingers, weil der Leutnant einen Beinschuss weghatte und nicht laufen konnte.

Umsonst suchte sich zunächst der Feldwebel Kormann einen Vers auf diese Geschichte zu reimen. Sie war so ungereimt wie nur möglich. Doch blieb dem Feldwebel ein längeres Kopfzerbrechen erspart. Leutnant Seiler übergab ihm als ältester Charge den Befehl über den Zug und schrie dann dem Breitinger zu, wo denn in Teufels Namen der Schinderkarren sei, von dem er geschwafelt hätte. Worauf der Breitinger in den Stall neben der Remise lief und einen alten, ehrwürdigen Grauschimmel daraus hervorzerrte. Diesen Veteran von Zugpferd spannte er vor ein kleines Korbwägelchen, warf ein Bund Stroh hinein und hob mit Hilfe des Feldwebels den Leutnant Seiler hinein. Dann setzte sich der Breitinger vorn auf den Bock und kutschierte stolz in Richtung Verbandplatz in Bois-Bernard zurück. Während dieser ganzen Zeit stand der junge französische

Jäger daneben in seiner himmelblauen Uniform und wunderte sich.

Am Abend kam der Breitinger von Bois-Bernard zurück. Er schwankte verdächtig auf den Beinen und roch auf eine Armlänge im Umkreis nach Rotwein. Von ihm erfuhren wir die Geschichte von der Bergung des verwundeten Zugführers.

„Wie der Leutnant aus dem Parktor gesaust ist, bin ich halt auch nach... Ein richtiger Soldat ist immer, wo sein Führer ist... Sie haben nicht schlecht hergepelzt und auf einmal ist der Leutnant umgesunken ... Ich bin dann zurückgekrochen, denn die Brüder haben auf mich gehalten und hätten mir zu gern eins aufgebrannt... Ich bin schon fast am Parktor gewesen, wie es Tag geworden ist... Da merk ich, dass mir der Brotbeutel fehlt... In dem Brotbeutel war auch eine Henne, die ich erst gestern abends in dem Kaff dahinten - Oppy heißt es, glaub ich - gesotten hab ... Die Henne muss wieder her, hab ich mir gesagt und wenn der ganze Wald voller Franzmänner steckt... Ich bin zwei Stunden lang in dem Wäldchen herumgekrochen und hab dabei den Leutnant gefunden und dicht bei ihm den himmelblauen Franzmann ... Der hat auch vielleicht einen Bammel gehabt!... Aber mein Brotbeutel mit der Henne muss auch noch her... Eher rück ich einfach nicht ein ... Na ja, ich hab den Futtersack dann auch gefunden... Das andere wisst ihr selber..."

Der Breitinger hat für die Bergung seines verwundeten Zugführers das Eiserne Kreuz bekommen. Wenn ihn aber später jemand nach dem Grund seiner Auszeichnung fragte, brummte er erst etwas in sich hinein und meinte dann: „Weil ich meinen Brotbeutel verloren hab..." Über diese Auskunft sind die Leute dann immer höchst erstaunt.

**Für die Katz**

Nachdem wir uns fünf volle Wochen in den Weizenfeldern, Rübenäckern und Schlackenhalden des Artois herumgeschlagen hatten, rannte sich der Angriff endgültig zwischen Arras und Lens fest. Unser Regiment stieß sich an der Lorettohöhe die Knochen wund und kam auch nicht einen Schritt mehr vom Fleck.

Am östlichen Hang der Höhe buddelten wir uns ein, soweit wir nicht in den zerschossenen Häusern von Carency und Ablain-Saint Nazaire Unterschlupf fanden und lagen den ganzen Winter über in dieser gesegneten Stellung. Gesegnet mit so ziemlich allen Plagen waren diese Gräben: Feuer von drei Seiten, endloser Regen, der höchstens zur Abwechslung einmal als Pappschnee fiel, eine Menge Ratten und Mäuse, Läuse und noch viel, viel mehr. Selbst das Bewusstsein, hier den am weitesten vorgeschobenen Punkt der ganzen

Westfront zu halten, konnte uns wenig trösten und erheben. Drei Tage in Stellung, drei in Reserve und drei in Ruhe. So gingen die Wochen schleppend hin, immer wieder unterbrochen durch größere oder kleinere Unternehmungen, die bald wir, bald der „Franzi" für nötig hielt.

Es war schon ein sehenswerter Aufzug, wenn wir von Avion, wo wir in Ruhe lagen, vor in Stellung marschierten. In jenem ersten Kriegswinter wusste noch kein Mensch etwas von Gas und Gasmaske, weshalb wir unser Haar wachsen ließen, wohin es wollte und wie es ihm gefiel. Dem Breitinger hingen die Kopfhaare ziemlich über die Halsbinde, und dazu wucherte ihm ein wahrhaft furchterregender Räuberbart von einem Ohr zum anderen. Über Stiefel und Hosen, die natürlich „in denselben" waren, hatte er sich einen zerfledderten Zuckersack gezogen, an dem die halbe Stellung klebte. Schön sah er aus, der Breitinger, sehr schön, doch einen Soldaten stellt man sich gemeinhin anders vor. Neben ihm stapfte sein Spezi, der Reservist Haueisen, in eine alte Zeltbahn gewickelt und unter der Feldmütze mit einer wollenen Altweiberhaube verschönt, die er in Avion — Gott weiß, welcher! — französischen Großmutter abgelistet hatte.

Der Weg vor in die Stellung war scheußlich. Die fette Weizenerde hing sich an, als wäre sie aus lauter Kletten und auf drei Schritte vorwärts rutschte man immer wieder zwei zurück. Auf diese Art brauchten wir für einen Weg sechs Stunden, der sonst in zweien zu bewältigen war. Dass deshalb bei der Ablöserei weit mehr geflucht als gesungen wurde, ist leicht zu verstehen.

Mehr aber noch als alle anderen fluchte der Breitinger für sich allein und gab dazwischen dem alten Wassersack, den er anstatt eines Brotbeutels trug, manchen unguten Klaps. Darin zappelte es aber auch ungebärdig, doch blieb jeder Versuch, hinter das zappelnde Geheimnis zu kommen, erfolglos. Haueisen, der sich handgreiflich vom Inhalt des Wassersacks überzeugen wollte, bekam mit dem Spatenstiel eins auf die neugierigen Finger.

„Hand von der Butten! . . Es sind Weinbeeren drin", knurrte der Breitinger den Spezi an. Wenn das zutraf, mussten diese Weinbeeren springlebendig sein. Wir zerbrachen uns die Köpfe über das Zappelwesen im Wassersack und einigten uns schließlich auf die Meinung, dass der Breitinger in Avion ein Stück Federvieh requiriert hätte und in Stellung vorn zu verspeisen gedächte.

Auch diese Ablösung ging glatt vor sich, und die Badenser, mit denen wir wechselten, zogen heilfroh und mit den üblichen Neckreden und Segenssprüchen ab. Wir ergatterten einen halbwegs trockenen Unterstand, richteten uns darin häuslich ein und bezogen Posten, soweit wir eingeteilt waren.

Unsere Gruppe blieb fürs erste davon verschont und so trat die gewohnte Ordnung in ihre Rechte. Viere taten sich zu einem „Schafskopf" zusammen, zweie legten sich aufs Ohr, und der Breitinger ging mit dem Kameraden Haueisen ans Auspacken seines Wassersacks. Alles luchste gespannt, welche Art von Geflügel nun zum Vorschein kommen würde, Hahn oder Henne, Ente oder Gans. Aber nichts von alledem tauchte aus der Tiefe des Wassersacks, dafür aber unter erheblichem Spucken und Fauchen eine weiß und schwarz gestreifte Katze von ansehnlichen Körpermaßen.

War denn das nicht „Mimi", das vierpfötige Herzblatt der Witwe Piquot, bei der Breitinger im Quartier zu Avion lag? „Mimi", das durchtriebenste und verstohlenste Katzenvieh weit und breit, dem mancher Koch schon den Tod geschworen hatte? Auf jedes andere essbare Lebewesen hätten wir getippt, aber aus „Mimi" wäre keine Menschenseele verfallen, denn essbar war „Mimi" mit ihren mindestens fünf Lebensjahren nur unter ganz verzweifelten Umständen.

Der Breitinger weidete sich erst ausgiebig an der allgemeinen Verblüffung, ehe er mit der Sprache herausrückte.

„Was gibt's da groß zu gaffen? . . Von euch Holzköpfen wär natürlich keiner auf die Idee gekommen. Ich hab mir aber das Luder gefangen und in den Wassersack gestaucht.. Soll da herum mit den Mäusen und Ratten aufräumen, statt hinten bei den Feldküchen unser Fleisch zu klauen. Damit darin endlich etwas mehr Ruhe wird!.. Hat mir das Raubzeug nicht erst vor vierzehn Tagen die letzte Wurst aus dem Weihnachtspaket gefressen und hab die Wurst doch mit Draht hier an der Decke ausgehängt! .. Das soll mir nicht nochmal passieren.."

Befriedigt fuhr sich Breitinger durch den Rinaldobart und sah stolz in der spärlich erleuchteten Runde herum. Wir schauten aber weniger ihn an als das Katzenvieh „Mimi", das auf dem Wassersack hockte und mit großen Glupschaugen die neue Umwelt musterte.

„Ein schlaues Leben hätten wir", fuhr der Breitinger in seinem Vortrag fort, „wenn wir uns hier außen das mistige Zeugs von Ratten und Mäusen vom Leib halten könnten .. Es gibt ja dann noch immer Ungeziefer genug, aber die Läuse fressen dir keine Wurst weg, die du an einem Draht an der Decke aufgehängt hast."

Dagegen ließ sich nichts einwenden und wenn „Mimi" wirklich die in sie gesetzten Hoffnungen erfüllte, konnte es uns nur recht sein. Vorerst hockte sie weiter auf dem Wassersack und glubschte vor sich hin.

Am anderen Morgen war „Mimi" spurlos verschwunden und mit ihr zugleich eine zweipfündige Leberwurst, die der Unteroffizier Lösch bisher durch alle Gefahren der Stellung gerettet hatte. Lösch wetterte nicht schlecht und schwor dem Marder Tod und Verderben, der ihm das angetan. In vollem Ernst versicherte er immer aufs Neue, er hätte den Marder im letzten Augenblick noch gesehen, wie er mit der Wurst aus dem Unterstand schlüpfte.

Wir bissen die Zähne zusammen, um nicht herauszuplatzen. Der Breitinger bekam ganz blaue Backen vor lauter Luftanhalten.

Ratten und Mäuse hatten nach wie vor ein schlaueres Leben als wir. Aber das freute den Breitinger doch, dass die Wurst dem Unteroffizier

Lösch gehört hatte, mit dem er aus vielen Gründen nicht im besten Einvernehmen stand.

War die Katze auch nicht für die Ratten und Mäuse, so war wenigstens die Wurst für die Katz gewesen, und also hatte Breitinger „Mimi" nicht umsonst in die Stellung getragen.

„Mimi" kam übrigens schon vor uns nach Avion zurück, stob aber sofort in großen Sätzen davon, wenn sie einen Feldgrauen nur von weitem sah. Er brauchte gar nicht einmal einen Wassersack dabei haben.

## Brüderschaft

Wer jemals dort eingesetzt war, schwor aus ehrlichster Überzeugung, dass es an der ganzen Westfront von Ostende bis zur Schweizer Grenze keine scheußlichere Stellung geben könnte.

Von drei Seiten eingesehen und befunkt, schlecht anzugehen, ewig nass und dreckig, lag diese Stellung auf dem tiefsten Punkt des Geländes, wo sich das Wasser von oben und unten sammeln musste und durch keinen Graben abzuleiten war.

Ihren Namen „Schlamm-Mulde" trug diese Stellung daher mit gebührendem Recht und wer dort hineingesteckt wurde, besaß die doppelte Aussicht, nicht wieder abgelöst zu werden. Mancher gute Kamerad, der heil aus jedem Feuer kam, versoff elend in den gefährlichen Trichtern, die Langrohre, Mörser und Haubitzen erzeugt hatten. Die Geschütze standen gut gedeckt hinter dem Wald von Bouvigny und die dazugehörigen

Beobachter guckten von den höchsten Bäumen gemütlich in die „Schlamm-Mulde". Sie konnten jede Ratte verfolgen, die durch den Graben lief und da an diesen niedlichen Tieren kein Mangel war, langweilten sich vermutlich die französischen Artilleriebeobachter nicht sehr.

In dieser gesegneten Gegend lagen wir bereits sieben Monate, sahen einer Räuberbande aus den böhmischen Wäldern ähnlicher als einem feldgrauen Truppenteil und hatten unseren ganzen Vorrat an Flüchen über ein solches Schweineglück längst erschöpft. Es war nur ein spärlicher Trost, dass wir nicht immer in der „Schlamm-Mulde" stecken brauchten, sondern dazwischen dieses Vergnügen auch anderen Truppen überließen. Viel schöner war es vor dem Marokkaner-Wäldchen oder am Telegraphen-Hügel nämlich auch nicht.

Jedenfalls bezogen wir die Muldenstellung zum dritten Mal und rückten rechtzeitig genug ein, um keine Granate vom französischen Vorbereitungsfeuer zu versäumen. Dabei machten wir die überraschende Entdeckung, dass jedes Ding zwei Seiten hat, sogar die „Schlamm-Mulde". Der Morast, den wir sonst nicht genug verwünschen konnten, nahm mit einen, sanften, glucksenden „Psch-t" die französischen Granaten auf und stopfte ihnen das Maul. So viele Blindgänger wurden niemals wieder gezählt als dieser Tage im Umkreis der „Schlamm-Mulde".

Der Breitinger hatte auf Grabenposten in einer Viertelstunde sieben und dreißig Blindgänger gezählt und suchte sich jetzt einen Vers auf diese Tatsache zu reimen. Ein schneller Denker war der Breitinger nicht, dafür aber ein gründlicher; er hatte deshalb auch herausgekriegt, dass der Schlamm bei dieser Geschichte irgendwie beteiligt sein müsste. Nach dieser geistigen Anstrengung schüttelte der Breitinger gleichzeitig den Kopf und die Feldflasche, die nach strengstem Befehl Tee enthalten sollte, beim Breitinger jedoch auf Schnaps geeicht war und den befohlenen Tee noch niemals gesehen hatte. Was den Schnaps betrifft, hatte sich der Breitinger zur feinsten Spürnase der ganzen VI. Armee entwickelt.

Eigentlich war nun nach einer lang erprobten Übung ein Schluck fällig, und der Breitinger setzte auch willig dazu an. Musste da nicht in diesem wichtigen Augenblick der Unteroffizier Lösch in den Unterstand rumpeln mit der erfreulichen Botschaft, der Reservist Breitinger hätte sich sofort auf Patrouille bereit zu machen.

Es ist nie ausgemacht worden, wer von den beiden dem andern ärger im Magen lag, der Unteroffizier Lösch dem Breitinger oder der Breitinger dem Unter-offizier Lösch. Schabernack tat einer dem anderen an, wo es nur möglich war, und seit der Sache mit dem „Spanischen Reiter" war das Verhältnis erst recht gespannt.

Der Unteroffizier Lösch hatte keine gute Nummer bei uns; er war ein Schnauzer und Schleifer hinten in Ruhe und ein großer Druckpunktnehmer vorn in der Stellung. Er buckelte vor jedem höheren Dienstgrad, am tiefsten aber vor den französischen Granaten, die er gar nicht vertragen konnte. Lösch wurde - und damit geschah ihm kein Unrecht - jener Sorte zugerechnet, für die unter uns der Ausdruck „Brüder" gebräuchlich war unter Hinzufügung verschiedener Eigenschaftswörter. In der mildesten Ausdrucksform hieß diese Sorte gewöhnlich „saubere Brüder".

Der Reservist Breitinger war nun auch kein Engel, sondern eine rechtschaffene Grabensau, kratzbürstig, versoffen und von einer ebenso unwahrscheinlichen wie findigen Faulheit. Er tat keinen Schritt, ohne nicht vorher tüchtig zu maulen. War er aber erst einmal auf den Trab gebracht, so führte niemand eine Sache besser und zuverlässiger aus, weshalb auch jeder den

Breitinger gern dabei hatte. Einen Kameraden im Stich zu lassen, galt beim Breitinger als die größte Gemeinheit, auch wenn er sich noch keine Stunde vorher mit dem gleichen Kameraden in der derbsten Weise herumschimpfte. Allerhand kleine Aufträge waren die Folge dieses Missfallens. Nun war der Breitinger aber so wenig auf den Kopf gefallen wie auf das Maul, und wo es ging, rächte er sich für die Aufmerksamkeiten des Unteroffiziers Lösch.

Die Sache mit dem „Spanischen Reiter" war eine solche Heimzahlung.

Wieder einmal hatte der Unteroffizier Lösch dem Breitinger eine Patrouille hingelehnt, war aber höchst unangenehm berührt, als er die Führung dieser Patrouille selbst übernehmen musste. Breitinger genoss einen gewissen Ruf als Schleichgänger, den er nun bei dieser Patrouille erst recht bewähren wollte. Er kroch also die halbe

Nacht mit dem Unteroffizier Lösch vor dem feindlichen Drahtverhau herum und versuchte, ein Stück herauszuschneiden, wobei sie dreimal eklig befunkt und verjagt wurden. Dem Unteroffizier Lösch hatte schon das erste Mal genügt, allein Breitinger verwies auf den Befehl, ein Stück vom Drahtverhau mitzubringen. Nachdem es damit nichts zu werden schien, machte sich kurz vor Morgengrauen der Breitinger einfach über einen „Spanischen Reiter" her, und Lösch musste den schweren Balken mitschleppen, er mochte wollen oder nicht. Dass der Breitinger die dicksten und tiefsten Stellen im Dreck auf dem Rückweg aussuchte und den Unteroffizier Lösch da mit unbändiger Wonne hineintauchen sah, versteht sich von selbst. Außerdem bekamen Uniform und Hände des Unteroffiziers tüchtige Risse von dem rostigen Stacheldraht ab.

Besser wurde dadurch das Verhältnis zwischen den beiden nicht, und deshalb brummte der

Breitinger eine nicht gut nachzudruckende Bemerkung über den „sauberen Bruder" in sich hinein, bevor er sich zu der neuen Patrouille fertigmachte.

Die Nacht verging in großer Unruhe. Nur selten setzte die feindliche Artillerie aus und holte dann in umso heftigeren Feuerstößen nach, was sie etwa versäumt glaubte. Es war volle Bereitschaft befohlen, jener liebliche Zustand, den der Soldat deshalb so verwünscht, weil er in den meisten Fällen für die Katz ist. Angegriffen wurde auch diesmal nicht. Am Vormittag trat sogar verhältnismäßig Ruhe ein und jetzt war Zeit, festzustellen, dass die Patrouille mit dem Unteroffizier Lösch und den Reservisten Breitinger und Küblein noch nicht zurückgekehrt war.

Noch ein Tag verging, der gegen Abend starkes Feuer brachte und daraus eine Nacht, die der vorhergegangenen nichts an Ungemütlichkeit nachgab.

In aller Herrgottsfrühe, knapp vor Aufgang der Maisonne, knatterte auf einmal aus der Richtung des Marokkaner-Wäldchens wildes Gewehrfeuer und unser Zugführer wollte schon die Gräben besetzen lassen. So schlagartig wie das Feuer gekommen war, hörte es aber auch wieder auf. Wir legten uns nochmals aufs Ohr und dösten weiter. Nur wenige merkten, dass der Breitinger in den Unterstand gestolpert kam und sich gleichfalls hinhaute.

Dann bekamen wir das erste richtige Trommelfeuer auf den Hals, das heißt, nicht eigentlich wir, sondern die Gräben rechts und links von uns. Drüben hatten die Beobachter wohl die vielen Blindgänger gemeldet, und die französische Artillerie sparte deshalb unsre „Schlamm-Mulde" aus.

Von den Posten hörten wir die Geschichte zuerst. Die wilde Schießerei in der Frühe hatte unserer vermissten Patrouille gegolten, die urplötzlich aus einem großen Trichter im Niemandsland aufgetaucht war. Beinahe hätten unsere Posten losgepulvert und den Unteroffizier Lösch beschossen, der in einer wahrhaft bejammernswürdigen Verfassung und halbtot in den Graben rutschte. Der Breitinger und der Küblein hätten einen verwundeten Somali von den Marokkanern mitgeschleppt und der Breitinger müsste, seinem Gangwerk nach zu urteilen, kräftig einen gehoben haben. Merkwürdig sei gewesen, dass der Unteroffizier bis auf die Haut nass, die zwei anderen dagegen brottrocken waren.

Zu diesem Bericht des Postens kam der Breitinger angewackelt, als gerade von dem nassen Korporal und den trockenen Reservisten die Rede war, wozu der Breitinger breit und boshaft grinste.

Wir witterten wieder eine Geschichte von der Art des „Spanischen Reiters" und drängten den Breitinger um Aufklärung. Er ließ uns erst etwas zappeln, um dann desto ausführlicher über die Sache zu reden.

Die Patrouille sollte ursprünglich von einem anderen Unteroffizier geführt werden, der aber am Nachmittag leicht durch Granatsplitter verwundet wurde. Dadurch kam Lösch zu der unverhofften und unerwünschten Ehre. Der Auftrag lautete, einen zwischen den Stellungen liegenden Trichter daraufhin zu erkunden, ob er besetzt wäre und - wenn möglich! - in welcher Stärke und von welchem Truppenteil.

Anfänglich verlief alles ohne Zwischenfall, aber zehn Meter vor dem bewussten Trichter gerieten die drei Leute in ein äußerst unangenehmes Flankenfeuer vom Marokkaner-Wäldchen her. Waren sie von dort aus erkannt worden, oder was sonst immer die Ursache des Feuers sein mochte; gelang es ihnen nicht, schleunigst in den Trichter zu kommen, dann hatte ihre Haut bald mehr Löcher, als gesund und zuträglich war.

In den Trichter kamen sie und fanden ihn auch besetzt, doch nur von einem einsamen Somali, der einen Schuss in die Schulter weg hatte. Der arme Teufel erschrak sich zu Tode, als ihn der Breitinger im Genick packte. Weiter geschah ihm nichts, nur Gewehr, Patronen und Bajonett räumte der Reservist Küblein auf die Seite.

Ihren Auftrag hätte die Patrouille damit eigentlich erfüllt gehabt und dem Einrücken lag nichts mehr im Wege. Der Unteroffizier Lösch drängte auch zur Heimkehr, denn er steckte bis zum Nabel in dem dicken Brei des Trichters. Nur stumm deuteten die Reservisten in die Richtung des Marokkaner-Wäldchens und der Gedanke an das gemeine Flankenfeuer stieg dem Unteroffizier peinlich auf.

Die beiden Reservisten hatten sich die besten und trockensten Plätze im Trichter ausgesucht und waren stillschweigend, nur durch Augenzwinkern, übereingekommen, den „sauberen Bruder" diesmal tüchtig zu ducken. Dazu brauchten sie nur im Trichter zu bleiben und das taten sie auch volle sechsunddreißig Stunden.

Der Trichter bekam einen gehörigen Teil vom Trommelfeuer ab und mit jeder Granate, die in seiner Nähe krepierte, duckte sich der Unteroffizier Lösch tiefer in den Brei. Die Nächte waren trotz der Frühlingszeit noch empfindlich kühl, und so war es kein Wunder, dass der Unteroffizier Lösch erbärmlich schnatterte und einen wahren Zapfenstreich mit den Zähnen vollführte. Breitinger freute sich diebisch und machte dem Vergnügen erst dann ein Ende, als Lösch bis an den Hals im Morast stand und die Sache langweilig zu werden begann. Dann zogen Breitinger und Küblein mit vereinten Kräften den

Unteroffizier aus dem Sumpf, machten ihrem Opfer durch Zeichen klar, dass es in die deutsche Stellung zurückginge, und brachten dieses Kunststück auch im Morgengrauen zuwege. Wir wussten jetzt genau, warum es um diese Zeit so toll aus dem Marokkaner-Wäldchen geknallt hatte.

Nicht klar wurde uns aber, warum der Breitinger und der Küblein immer von einer „Brüderschaft" redeten, die sie mit dem Unteroffizier Lösch verbinde. Es ist auch kein Mensch richtig dahintergekommen, was es damit auf sich hat und wer diese Brüderschaft wem angeboten hat und ob sie angenommen wurde.

Die Stellung in der „Schlamm-Mulde" brauchten wir nicht mehr zu beziehen und gönnten dieses Vergnügen neidlos den Franzosen. Drei Tage nach der Brüderschafts-Patrouille wurde die „Schlamm Mulde" von ihnen gestürmt, und die Alpenjäger vom 42. Bataillon mögen hinterher nicht wenig über diesen Erfolg geflucht haben.

Noch einer fluchte, wenn auch einige Zeit später, nämlich der Breitinger.

Weil der Unteroffizier Lösch für die schneidige Führung und Durchführung der Patrouille das EK I bekam und von Stund an nichts mehr von „Brüderschaft" wissen wollte.

**Das Fest im Maisfeld**

Immer, wenn es wieder auf Weihnachten zugeht, erzählt der Breitinger gern von den fünf Kriegsweihnachten, die er mitgemacht hat. In zweien der Kriegsjahre hatte der Breitinger Urlaub ergattert und feierte daheim. Aber von diesen Glücksfällen sprach er recht geringschätzig, denn damals gab es in der Heimat bereits schmale Bissen und das Bier war auch dünn geworden. Dagegen rühmte der Breitinger in starken Worten das Christfest des vorletzten Kriegsjahres und warum er das tat, sollt ihr gleich hören. Leider lässt sich die Geschichte nicht mit den starken Worten Breitingers erzählen, weil viele von diesen Worten einfach nicht druckfähig sind.

Der Breitinger war damals in Rumänien, lag mit seinem Regiment achtzehnhundert Meter hoch über Câmpulung und hatte die ebenso ehrenvolle wie schweißtreibende Aufgabe, mit einem Tragtier

Patronen und Fleischbüchsen in die Stellung zu schaffen. Das Tragtier, ein walachisches Pony, fror bei diesem Geschäft weniger als der Breitinger. Dem Pony war nämlich ein struppiger Winterpelz gewachsen. Wenn dieser Pelz auch aussah, als hätten sich alle Motten der Welt darin versammelt, so hätte ihn der Breitinger doch zu gern um die Schulter hängen gehabt. Wenigstens wärmte er sich fleißig die Hände darin.

Eines Tages kam die Sache auch bei Câmpulung wieder in Fluss und der Breitinger begann den Vormarsch hoch zu Ross. Es muss schon ein malerisches Bild gewesen sein, wie sie hinter den weichenden Rumänen herzogen. Da gab es nämlich mehr solche Schlauköpfe, wie der Breitinger einer war, die sich auch sagten, dass schlecht geritten allemal noch besser ist als gut gelaufen. Außerdem hatten sie den Rössern, die manchmal auch nur Esel waren, aufgepackt, was ihnen in den Wurf kam: Hühner, Gänse, Schinken und andere essbare und schätzenswerte Dinge. Der Breitinger schwelgte begeistert in dieser Schilderung und erklärte nachdrücklich, das wäre noch ein Krieg gewesen, wie ein Krieg sein muss, nicht diese stumpfsinnige Grabenhockerei im Westen. Der Divisionsstab war nun freilich anderer Meinung über den Anzug und Auszug einer deutschen Truppe, weshalb der Breitinger in Buzău von seinem Pony geholt und wieder aus die eigenen Kommissstiefel gestellt wurde.

Das geschah am Mittag des Heiligabends des vorletzten Kriegsjahres. Der Breitinger, ein Philosoph seit eh und je, nahm diese Wendung der Dinge gelassen hin und stiefelte in der Kompanie über die Buzăubrücke. Die Gegend gefiel ihm ja nicht besonders. Er vermisste sofort die toten Winkel darin und äugte misstrauisch nach den Höhen im Hintergrund. Sie luden zum „Sprung - auf! Marsch, marsch!" geradezu unverschämt ein. Nur zu bald sollte sich zeigen, wie berechtigt das

Misstrauen Breitingers war. Von den Höhen kam derart starkes Feuer aller Waffen, dass es mit dem Vormarsch schlagartig aus und zu Ende war. Die Kompanie zog sich nach rechts hinaus in ein kleines Eichenwäldchen, um dort weitere Befehle abzuwarten. Solche Befehle blieben jedoch den ganzen Nachmittag aus, was seine guten Gründe hatte. Auf den elenden Straßen waren alle Fahrzeuge steckengeblieben. Die Pferde, soweit sie überhaupt noch stehen konnten, mussten gegen die landesüblichen Zugochsen ausgetauscht werden, die durch kein Mittel aus ihrem geruhsamen Trott zu bringen waren. Die Fahrer der Batterien und Staffeln mochten fluchen, was aus dem Hals ging: die Ochsen setzten kein vor Bein und dachten nicht an Trab oder gar an Galopp.

Der Heilige Abend brach nebelnd und mit einem leichten Schneegestöber an und fand den Breitinger auf der Suche nach den Fahrzeugen des

Bataillons. Eigentlich hatte es der Breitinger auf die Feldküchen abgesehen, die er aber nicht fand. Dafür traf er aus dem halben Weg nach Mizil einen Panjewagen mit Post für das Bataillon. Dieser Fund, ganz und gar unvermutet, entschädigte vollkommen für die Feldküchen und da auch für den Breitinger selber ein Päckchen dabei war, zog er sich vergnügt in sein Erdloch zurück.

Die russischen Geschütze funkten nicht schlecht und hatten die Kompanie schnell aus dem Eichenwäldchen vertrieben. Sie buddelte sich in einem Feld links davon ein. Auf diesem Feld stand der Mais in mannshohen Bündeln und der Breitinger, findig wie immer, hatte sein Loch unter ein solches Maismännchen gewühlt. Dort saß es sich, den Umständen entsprechend, ganz behaglich, wie der Breitinger ernsthaft versicherte.

„Die Nacht zum ersten Christtag und diesen ganzen Tag selber habe ich unter dem Mais gehockt und Weihnachten gefeiert. Mit was, wollt ihr gern wissen? Na, in dem Heimatpacket war ein Dutzend Zigarren. Die letzte hab ich kurz vor dem Angriff am zweiten Weihnachtstag verqualmt. An Schnaps hat's da drunten nie gefehlt und aus dem Tran bin ich eigentlich seit Câmpulung nicht mehr herausgekommen ... Meine Herren!... Soviel Schnaps hab ich seitdem nicht mehr gesehen, wie ich damals gesoffen hab. In dem Erdloch bei... bei... Die verdammten rumänischen Namen kann ich nicht merken."

Verdenken konnte ihr Breitinger dieses Bedürfnis nach Ruhe nicht. Zwei Jahre stand er nun schon in diesen Schäftern und hatte den Kalkstaub der Champagne, die flandrische Sumpferde und den weißgrauen Staub Galiziens von ihnen geklopft oder auch nur gewaschen, denn zum Bürsten war er noch nie gekommen. Oder halt, einmal doch! Als er vor einer Ewigkeit in Urlaub gefahren war! Da war ihm das Kunststück geglückt, die Stiesel auf

Glanz zu bringen, zwar nur auf Mattglanz, doch gegen den sonstigen Zustand sahen sie fast unverschämt vornehm aus. Wenn alles klappte, war es in drei Tagen wieder einmal soweit mit dem Urlaub, aber den Breitinger bedrückten schwere Zweifel, ob er diesmal nicht vielleicht barfuß heimfahren müsste. Fahren würde er und wenn es in den landesüblichen Opanken wäre, die in dieser gesegneten Gegend Männlein und Weiblein trugen, vorausgesetzt, dass sie überhaupt Schuhzeug am Fuß hatten.

Für einen eingefleischten Infanteristen, wie der Breitinger einer war, lag diese Stiefelfrage gar nicht so einfach. Das Gewehr und die Handgranate in Ehren, ohne deshalb den Brotbeutel und die Feldflasche zu verachten, sofern sie nicht gerade leer waren. Ein echter Infanterist steht und fällt mit seinen Stiefeln. Das galt für den Breitinger als ausgemachte Sache, die er in lebhafter Rede und Gegenrede schon oft gegen die Brüder von anderen Waffengattungen vertreten hatte. Ein Artillerist etwa trägt auch Stiefel, aber notwendig sind sie eigentlich nicht. Auf einer Protze kann ich gut und gern mit bloßen Füßen sitzen und richten sowie abfeuern lässt sich ein Geschütz auch barfuß. Aber kann sich jemand einen bloßfüßigen Infanteristen vorstellen?

Bis dahin war der Breitinger in seiner tiefsinnigen Betrachtung gekommen, als rechts von ihm ein dumpfer Knall krachte und die schwarze Erde auswarf. Im Nu schaltete sich der Breitinger auf die Gegenwart um, vergaß den Urlaub und die Stiefelfrage und spähte aufmerksam die Gegend ab. Gut einen Kilometer vorwärts floss langsam und in vielen Windungen der Sereth und trennte die Stellungen.

Ein halbes Jahr lagen sie schon hier und hatten mehr von den Mücken und Stechfliegen auszustehen als von den russischen und rumänischen Schützen. Wenn der Breitinger an den Westen dachte, etwa an die Lorettohöhe oder an den Houthulster Wald, dann kam ihm der Krieg hier schon arg gemütlich vor. Gräben gab es fast nicht, weil die Serethmulde versumpft und immer nass war. Feldwachen mit vorgeschobenen Posten genügten zur Sicherung der Linie und auf einem solchen Posten befand sich auch der Breitinger. Die nächsten Posten rechts und links von ihm standen hinter riesigen Maisschobern und die Feldwache, zu der sie gehörten, hatte sich dreihundert Meter rückwärts in einem Pflaumengarten eingenistet.

An Gefahr dachte kein Mensch, denn die letzten schweren Gefechte lagen Monate zurück, und der Sereth wälzte sich als beruhigend breites Hindernis zwischen hüben und drüben. Dazwischen krachte alle heilige Zeit einmal ein Schuss, den keine Partei als Bedrohung empfand, sondern eher als ein Lebenszeichen, dass man noch da war. Vom

Westen her war der Breitinger an eine ganz andere Knallerei gewöhnt und erfreute sich überdies ausgezeichneter Nerven, die ihm so leicht nicht durchbrannten. Der Breitinger führte diese Gemütsruhe auf den Lärm und das Getöse in seinem Betrieb zurück und behauptete schlankweg, es gäbe keine bessere Schule gegen Feuerscheu als die Arbeit in einer Kesselschmiede.

Beweisen brauchte der Breitinger diese Gemütsruhe zunächst nicht mehr. Der einsamen Granate folgte eine volle Stunde lang kein zweiter Schuss, so dass der Breitinger wieder sachte an seinen Urlaub zu denken anfing und an die damit eng zusammenhängende Frage: Wird sich ein Paar Stiefel bis dahin Auftreiben lassen? Und wenn nicht, was dann? Gelangweilt von der Stille rundumher, stocherte der Breitinger im Maisstroh der großen Dieme, die neben der Straße stand, fischte auch glücklich einen reifen Kolben heraus und knabberte an dem süßlich-faden Zeug.

Was nun in den folgenden zwei, drei Minuten geschah, spielte sich viel schneller ab, als es hier erzählt werden kann.

Aus allernächster Nähe knallte es, erst Einzelschüsse, dann ganze Salven und die Geschosse sumsten dem Breitinger, der sich auf den Bauch geworfen hatte, zornig um die Ohren. Der alten Regel treu, dass man nur schießen soll, wenn ein Ziel zu sehen ist, kroch der Breitinger auf Knie und Ellenbogen hinter seine Maisdieme und richtete sich vorsichtig auf. Das Schießen hielt lustig an und verstärkte sich sogar noch. Hinter sich hörte der Breitinger ein Getrappel, drehte sich aber gar nicht einmal um, weil er auch so wusste, dass es nur von der Gruppe des Vorpostens herrühren konnte, die aus ihrem Pflaumengarten schwärmte und die für einen solchen Überfall befohlene Stellung bezog.

Es war ein beruhigend sicheres Gefühl, die Kameraden im Rücken zu wissen, weshalb sich auch der Breitinger ganz den Ereignissen vorwärts widmete. Eigentlich geschahen diese Ereignisse mehr rechts vom Breitinger, aber erstaunlich waren sie auf jeden Fall, schon weil sich alles an einem hellen Nachmittag zutrug. Ein halbes Dutzend Kerle balgten sich um den Strohhaufen hundert Meter rechts und mühten sich aus allen Kräften, einen heftig widerstrebenden Körper wegzutragen.

Sofort war der Breitinger im Bild. An jener Stelle stand sein Spezi auf Posten, der Reservist Haueisen, mit dem er seit dem Ausmarsch Seite an Seite ging und Freud wie Leid geteilt hatte. Den Haueisen wollte die Bande verschleppen, aber vorerst gab es nur ein wüstes Gebalge, denn Haueisen wehrte sich entschieden seiner Haut, schlug und trat um sich wie ein störrischer Maulesel und brüllte dazu, was aus der Kehle ging.

Nach dem Kampfbild zu schließen, mussten die Angreifer nicht mehr fest aus den Beinen stehen, sonst hätten sie den Widerstand des einzelnen Mannes längst brechen müssen. Aus mancher verdächtig torkelnden Bewegung entnahm der Breitinger, dass sie von dem einheimischen, übrigens ausgezeichneten Pflaumenschnaps wohl mehr genossen hatten, als ihrem kühnen Unternehmen zuträglich war.

Blitzschnell überlegte Breitinger, was zu tun wäre, hob das Gewehr und feuerte hinaus, was in der Kammer war, aber nicht in den Haufen hinein, sondern über die Köpfe weg. Wie leicht hätte er sonst den eignen Kameraden treffen können. Dann sprang er hinter seinem Strohhaufen vor und mit einem wahrhaft erschütternden Gebrüll auf die balgende Gruppe los. Dabei knackte etwas unten an seinem rechten Stiefel und dem Breitinger kam es vor, als ob sich seine große Zehe selbständig gemacht hätte. Für lange

Untersuchungen blieb jedoch keine Zeit. Der Breitinger, von jeher ein herzhafter Raufer, stürzte sich in den Knäuel, bekam einen stämmigen Russen im Genick zu fassen und schnürte dem Gegner die Luft ab und damit zugleich einen wüsten Fluch. Der Russe schlenkerte die rechte Hand ganz unsinnig, schlüpfte behänd aus dem Würgegriff Breitingers und riss mit staunenswerter Gewandtheit aus, immer die Hand dabei schlenkernd und nun laut fluchend. Der Reservist Haueisen hatte nämlich dem Russen halb den Daumen durchgebissen, als dieser versuchte, ihm den Mund zuzuhalten.

Die restliche Begebenheit ist schnell berichtet. Als die Kameraden von der Feldwache auf dem Kampfplatz erschienen, ziemlich atemlos und recht ungehalten über die Störung, wälzte sich der Breitinger mit einem der Angreifer auf dem Boden und zerdrosch ihm wütend das Gesicht. An einen zweiten Mann hielt sich der Reservist Haueisen, dem die Uniform halb in Fetzen herunterhing. Die beiden Unglücksraben der gewaltsamen Erkundung glotzten blöde über diesen Wandel der Dinge, waren damit aber sichtlich nicht unzufrieden, als sie abgeführt wurden.

Sehr unzufrieden war dafür der Breitinger. Sein rechter Stiefel war gänzlich aus den Fugen und selbst der beste Telefondraht konnte daran nichts mehr ändern.

Drei Tage darauf ist der Breitinger aber doch in Urlaub gefahren und zwar in ganz netten Schäftern, die er sogar auf Glanz gebracht hatte. Der Kamerad Haueisen hatte Stiefel mit ihm getauscht, weil es auf ein Paar Stiefel auch nicht mehr ankommt, wenn eine neue Uniform ohnehin angefordert werden muss.

## Sargnagel - halb und halb

Erwischt hat es den Breitinger zum ersten Mal in einer sogenannten „Sommerfrische", einer ganz ruhigen Stellung, wo auf die Minute genau bekannt war, dass jetzt die täglichen vier Granaten von drüben kommen müssen. Der Breitinger ist später noch zweimal verwundet worden und auch da geschah es in ruhigen Stellungen. Aus dem ärgsten Feuer an der Somme und in Flandern kam er immer heil heraus.

Die erste Verwundung trat unter sonderbaren Umständen ein. Wie jeder echte Landser hatte der Breitinger seinen Sparren. So schwor er Stein und Bein darauf, dass es im Krieg nirgends sicherer und gemütlicher wäre als möglichst nahe am feindlichen Graben. Von wegen der hundsgemeinen Artillerie, die dann nicht böllern kann, weil sie nicht weiß, ob sie nicht in den eigenen Graben funkt. Am liebsten hockte daher der Breitinger in der vordersten Sappe und zog einen solchen Posten jeder anderen Stellung vor.

Am „Sternwald" gingen manche Sappen bis auf zwanzig Meter an das feindliche Drahtverhau heran, eine glänzende Sache für den Breitinger, der sich in einer solchen Sappe einnistete. Im zeitigen Frühjahr ließ es sich dort aushalten, denn nichts deutete noch darauf hin, dass drei Monate später hier die Sommeschlacht toben sollte. Wenigstens merkte der Breitinger nichts von Vorbereitungen auf diese Schlacht, sondern saß in seinem Loch, rauchte hinter der vorgehaltenen Hand und dachte über die Aussichten eines Urlaubsgesuches nach, dass er vor zehn Tagen bereits eingereicht hatte.

Still und friedlich lag die ganze Gegend da, ein paar Wölkchen segelten am Himmel hin, so weiß und duftig, als wären sie frisch gewaschen, und der Breitinger gähnte zum Himmel hinauf vor lauter

Langeweile. Was machte wohl der Franzmann drüben in seinem Loch? Man musste die Brüder drüben etwas aufmuntern und sich dabei selber die Zeit vertreiben.

Der Breitinger griff sich eine leere Fleischdose, füllte sie mit Erde und Steinen und warf dieses harmlose Geschütz mit kräftigem Schwung in den feindlichen Graben. Der Dose folgte ein Sandsack, dann eine alte Glaskruke, die, wer weiß wie lang schon, herumlag, ein halber Schießrahmen und was sonst dem Breitinger noch unter die Finger kam. Er liebte dieses Spiel und hatte es darin zu einer wahren Meisterschaft gebracht. Drüben gingen sie meistens auf den Spaß ein und warfen zurück. Wie auf eine stillschweigende Verabredung hin war es bisher stets bei harmlosen Wurfgeschossen geblieben. Die französischen Landsturmvaddings verstanden auch einen Scherz.

Heute dauerte es erst einige Zeit, bis der Gegengruß von drüben kam. Es war ein alter Wassersack, vollgestopft mit Erdbrocken. Hinüber und herüber ging die Werferei und der Breitinger gab sich ihr aus vollem Herzen hin. Unter anderen schönen Dingen kam auch eine verbeulte Gamelle geflogen, das Essgeschirr des französischen Soldaten. Sie fiel neben dem Breitinger nieder, der sich sofort danach bückte und die Gamelle aufhob. Da gab es einen ziemlichen Knall, und mit einem derben Fluch schleuderte der Breitinger das Ding fort. Ein heimtückischer Hund musste drüben die Gamelle geladen und auf diese Art zu einer behelfsmäßigen Handgranate gemacht haben.

Bei dieser Geschichte hatte der Breitinger viel Glück. Einige Blechsplitter saßen in der Hand und im rechten Oberarm. Der Arzt hinten im Feldlazarett von Marchélepot zerbrach sich den Kopf über die eigenartige Verletzung und ihre Ursache. Über den wahren Zusammenhang schnaufte der Breitinger natürlich keinen Ton; er wunderte sich im Gegenteil am meisten über den Zufall, der hier sein Spiel getrieben hatte. Insgeheim wütete der Breitinger aber über den hinterlistigen Kerl von drüben und schwor sich zu, nie wieder einem Franzmann zu trauen.

Wichtiger war aber eine andere Frage, die Frage nämlich, wie es zu drehen wäre, damit man zum eingereichten Urlaub und in die Heimat kommt. Die Wunde eiterte zwar und machte auch böse Schmerzen. Doch gefährlich war sie nicht und so bestand wenig Aussicht für die Überweisung in ein Heimatlazarett. Mit allen Mitteln versuchte der Breitinger trotzdem sein Glück, fiel jedoch bei dem gewitzten Oberarzt glatt ab und musste seine mutwillige Verletzung im Feldlazarett ausheilen.

Die Stimmung Breitingers lässt sich unter solchen Umständen leicht erraten. Sie lag noch weit unter dem Nullpunkt und wurde auch dadurch nicht merklich gehoben, dass die Wunde gut und rasch heilte.

Zum Kotzen öd fand es der Breitinger im Lazarett, nachdem es mit dem Heimatschuss nichts geworden war. In einem deutschen Lazarett hätte der Breitinger mit aller Seelenruhe die Zeit ertragen. Hier drängte er selbst, dass ihn der Arzt möglichst bald gesundschrieb und wieder zurück zur Kompanie schickte.

Nach fünf Wochen hatte er es auch glücklich geschafft. Nur war die Division inzwischen verschoben worden und lag weiter nördlich in Stellung, in der Gegend von Cambrai. Daraus machte sich der Breitinger weiter nicht viel, sondern setzte sich mit dreißig andern Landsern auf einen rumpelnden und stoßenden Lastwagen, der die ganze Gesellschaft in Cambrai absetzte und dort ihrem weiteren Schicksal überließ.

Breitinger ergatterte nach manchem Herumlaufen endlich die gewünschte Auskunft über die derzeitige Stellung seines Regiments und machte sich auch am späten Nachmittag auf den Weg dahin. Hinter Marcoing, wo der Breitinger bei anbrechender Nacht hinkam, begannen die Laufgräben. Breitinger tauchte in einen davon und tappte seinen Weg weiter in die Stellung vor.

Es war an der ganzen Front ruhig. Nur selten fiel ein Schuss. Eigentlich könntest du dir eine ins Gesicht stecken, dachte sich der Breitinger und kramte in der rechten Patronentasche herum, die ein für alle Mal als Zigarettenbehälter dienen musste. Aber umsonst fingerte er die ganze Patronentasche aus. Bei dem überhasteten Aufbruch in Marchélepot musste er ganz seine Zigaretten vergessen haben.

Nur einer, der es selbst erlebt hat, weiß, welche Gefühle in Breitinger hochstiegen. Ein leidenschaftlicher Raucher, der ohne seinen Sargnagel nur ein halber Mensch und Soldat war, stand er vor dieser Entdeckung wie vernichtet und überlegte, ob er nicht nach Marcoing zurück sollte, wo es sicher eine Kantine gab, die Sargnägel verkaufte. Wütend suchte der Breitinger alle Taschen durch und hätte fast Hurra geschrien. In einer Seitentasche des Brotbeutels fand sich einsam und allein eine Zigarette, nicht mehr ganz in Form, aber doch eine richtige und rauchbare Zigarette.

Liebevoll drehte der Breitinger den seltenen Fund zwischen den Fingern, roch daran, nahm sie zwischen die Lippen und wieder heraus und spielte damit auf eine sehr wunderliche, unter anderen Umständen einfach lächerliche Weise. Dreimal war er entschlossen, den Sargnagel anzustecken, kam aber immer wieder von seinem Entschluss ab und verstaute die Zigarette zuletzt am gewohnten Platz in der rechten Patronentasche. Der seltene Fund sollte in aller Ruhe und mit erlesenem Genuss gedampft werden, wenn man bei der Kompanie eingerückt war.

Was war da los? - Stöhnte da nicht wer?

Abergläubisch war der Breitinger sonst nicht und seine Nerven befanden sich auch in einer beneidenswert guten Verfassung. Unwillkürlich blieb er aber doch stehen und horchte scharf in die Nacht. Kein Zweifel: Hier lag in nächster Nähe ein Verwundeter. Mit dem Grabenstecken, den er sich im Devot-Wald zurechtgestutzt hatte, tastete der Breitinger vorsichtig im Laufgraben weiter und stieß auch nach etwa zwanzig Schritten auf eine im Graben liegende Gestalt.

Der Sachverhalt klärte sich schnell auf. Der Mann, Meldegänger eines vorn liegenden Regiments, war bei der Rückkehr vom Befehlsempfang in Marcoing im Graben gestolpert und hatte sich den rechten Fußknöchel gebrochen. Geschehen war das in den ersten Morgenstunden. Da tagsüber fast kein Mensch durch den mehrfach eingesehenen Laufgraben kam, lag der Kamerad schon sechzehn Stunden an der Stelle seines Unfalls.

Breitinger vernahm diese Geschichte ohne übermäßige Gemütserregung und fragte den Mann nur, wie weit es noch bis zur Stellung wäre.

„Na, so an die zwölfhundert bis fünfzehnhundert Meter dürften es schon noch sein", klärte ihn der Beinbrüchling in einer unverkennbar preußischen Mundart auf.

„Wenn ich dir das Gewehr unterschiebe, Kamerad und du dich auf mich stützen kannst, glaubst du dann, dass du es bis vorn schaffen wirst?" fragte der Breitinger ganz sachlich und machte auch gleich Anstalten zu seinem Hilfswerk. Der Kamerad bejahte eifrig, schlang den rechten Arm um die Schulter Breitingers und hüpfte mit dem gesunden Bein, so gut es eben gehen wollte.

Ein blutsaures Stück Arbeit war es trotzdem. Nach einigen hundert Metern schwitzte der Breitinger aus allen Poren. „Wie eine Sau, die im Kessel gebrüht wird", schilderte er hinterher dieses Schwitzen selbst.

„Hast du keinen Sargnagel, Kamerad?" tippte der Schützling Breitinger an. „Ich hab meine Zigaretten reinweg aufgedampft, als ich so mutterseelenallein dagelegen bin."

In der Seele Breitingers ging ein dunkler Kampf vor sich.

Sollte er oder sollte er nicht? Die einzige Zigarette da in der rechten Patronentasche kam ihm wie ein kostbarer Schatz vor.

Der SeelenkampF entschied sich aber schnell. Breitinger fischte den einzigen Sargnagel aus der Patronentasche, schätzte ihn gewissenhaft auf zwei gleiche Hälften hin ab und gab dem

Kameraden die gebührende Hälfte. Stillvergnügt hockten sie in einem Winkel des Laufgrabens und rauchten mit bedachtsamem Genuss, bis der Stummel die Fingerspitzen sengte und auch mit größter Kunst nicht mehr weiter zu rauchen war. Dann setzten sie ihren Weg gemeinsam fort und erschreckten den ersten Posten nicht schlecht, der zuerst steif und fest an ein Gespenst glaubte, als er die Gestalt mit den zwei Köpfen und den drei Beinen heranhüpfen sah.

**Der Sergeant Adam**

Gewachsen war er wie ein Samenbaum, hoch, schlank und untadelig, ein Prachtkerl von Mann besten Frankenschlags und sein ins Rötliche spielender Schnurrbart erweckte Gefühle eines heftigen Neides bei allen, die mit weniger Haar unter der Nase bedacht waren. Der Sergeant Adam Bürkstümmer hatte seine neun Jahre bei den „Leibern" gedient und war recht aufgebracht, als er am fünften Mobilmachungstag zu unserm Reserveregiment einrücken musste. Wir waren, was Körperlänge und Brustumfang betraf, lauter Durchschnittsleute, auf die der hünenhafte Sergeant im wahrsten Sinn des Wortes herabschauen konnte. Er tat es in den ersten Tagen auch recht ausgiebig und nicht nur äußerlich. Als langgedienter „Leiber" fühlte er sich über uns Feld-, Wald- und Wiesensoldaten erhaben und sparte nicht mit diesbezüglichen Hinweisen.

Von Rechts wegen gehörte er ins Leibregiment, und dass ihn der Mobilmachungsbefehl unter dieses Kroppzeug von älteren Reservisten und jüngeren Landwehrmännern stauchte, empfand der Sergeant Bürkstümmer als schreiendes Unrecht. Etwas gebessert wurde seine üble Laune erst, als man ihm die Fahne des dritten Bataillons anvertraute. Mit dem Messingschild des Fahnenträgers auf der breiten Brust kam sich der Sergeant Bürkstümmer wieder halbwegs als etwas vor und wenn die Fahne vorerst auch in ihrem schwarzen Wachstuch verblieb; er, der Sergeant Adam Bürkstümmer, trug sie und kein anderer.

Als Fahnenträger gehörte der Sergeant zum Bataillonsstab und hat mit dem gewöhnlichen Soldatenvolk kaum etwas zu tun. Wir erkannten dieses Vorrecht auch willig an und freuten uns über den stattlichen Fahnenträger, der um einen Kopf über alles hinausragte. Der Tambour Segitz, ein ausgewichster und sehr mundfertiger

Glasmacher, meinte allerdings, so lang möchte er um kein Geld in der Welt sein, wennschon der Kopf hingehalten werden soll. Da lobe er sich seine Einsfünfundsechzig. Die Franzmänner würden ihn nicht so schnell herausfinden.

Der große Tag unseres Fahnenträgers kam am in der Lothringer Schlacht.

Es war ein herrlicher, heißer Sommertag und uns behagte es in dem schattigen Laubwald bei Fénétrange sehr. Aber gegen Mittag wurden wir aufgejagt, tappten eine geschlagene Stunde lang kreuz und quer durch den Forst und entwickelten uns dann an seinem Saum zum Gefecht. Höchst verwundert horchten wir auf das feine Summen und Zirpen um uns her, das von den französischen Lebel Geschossen kam. Das klang gar nicht bösartig und erst, als da und dort einer zusammenzuckte oder umfiel, merkten wir, dass es Ernst wurde. Eigentlich sollten wir gar nicht schießen, aber ein Krieg, in dem nur einer pulvert, ist doch eine gar zu einseitige Angelegenheit. Wir böllerten deshalb entgegen dem Befehl lustig drauflos und kümmerten uns nichts um das Schimpfen und Wettern unsres Bataillonsführers, des strengen Majors Hollweck, der das Blaue vom Himmel fluchte.

In den Köpfen spukte damals noch das alte romantische Bild von einer Schlacht. Unser Major Hollweck dachte gewiss an Weihenburg und Wörth, als er den Hornisten das Signal „Seitengewehr pflanzt auf!" tuten ließ. Wir stellten also das Feuer ein, pflanzten auf und gingen zum Sturm mit der blanken Waffe vor.

Ein unvergessliches Bild war es schon. In einer langen, vielfach gebrochenen Linie traten wir aus dem Wald. Die heiße Mittagssonne blitzte in den blanken Bajonetten und im geschwungenen Degen unseres Majors, der nach guter Führerart an der Spitze ging.

Aber was geschah da?

Der lange Sergeant Bürkstümmer, auf gleicher Höhe und an der rechten Seite des Majors, zerrte das schwarze Wachstuch von der Fahne, die sich stolz im Wind bauschte und uns den Weg wies auf die feuerspeienden Hänge um das Dorf Angweiler. So musste es 1870 gewesen sein, genauso und um kein Lot anders.

Etwas hatte sich aber doch wohl seither verändert.

Die Fahne flatterte noch keine volle Minute in der freien Luft, da schmetterte es von halbrechts her in unsere Linie; eine volle Schrapnellage fauchte heran und spie rund um die Fahne ihre höllische Ladung aus. Major Hollweck war der erste Tote dieses unter flatternder Fahne vorgetragenen Sturms. Mit ihm wurde noch ein halbes Dutzend

Leute verwundet, und auch die Fahne bekam einiges von dem Schrapnell ab. Gar nichts geschah dem Fahnenträger, unserem langen Sergeanten Adam. Er war nur tief ins Herz getroffen, als ein Ordonnanzoffizier ansprengte und mit wutzitternder Stimme schrie, was für ein Idiot diesen hirnverbrannten Befehl gegeben hätte. Auf der Stelle solle er die Fahne einrollen. Sonst werde ihn ein heiliges Kreuzdonnerwetter in den Erdboden schlagen.

Angweiler wurde von uns nach zweistündigem wütendem Kampf ohne vorausflatternde Fahne genommen, die wir nur noch am Abend zu sehen bekamen. Die Fahne war auf die Leiche des gefallenen Majors Hollweck gelegt.

Der Sergeant Adam Bürkenstümmer nahm das Messingschild des Fahnenträgers ab und trat in Reih und Glied zurück. Er wurde unser Gruppenführer und zeigte sich bald als eine wahre

Perle von Korporal. Das Erlebnis mit der Fahne ging ihm einige Zeit nach, weil ihn der Gedanke beschäftigte, ob der Major Hollweck wohl auch gefallen wäre, wenn die Fahne nicht geflattert hätte. Der Tambour Segitz redete ihm diesen Sparren aus mit dem unwiderleglichen Hinweis, dass in diesem Krieg schon ein geschwungener Degen vollauf genügt, um eins abzukriegen.

Unsere Lothringer Zeit war unterdessen zu Ende gegangen. Wir rückten von den Schlachtfeldern Nancys ab und ließen viele gute Kameraden in den Massengräbern um den Mont Couronno zurück, die dort auf das große Wecken warten. Die ersten Tage waren wir fest überzeugt, dass nun alles besser werden müsste, und ein paar Optimisten behaupteten sogar steif und fest, wir kämen als Besatzung nach Metz. Nach Metz kamen wir schon, aber nicht als Besatzung. Was wir besetzten, war ein Transportzug, der uns nach viertägiger Fahrt in Valenciennes ablud.

Weil wir nun in Denain recht anständige Quartiere bezogen, glaubten wir an eine Wendung zum Besseren, mussten aber vierundzwanzig Stunden nachher erfahren, dass es im Krieg immer nur dicker kommt. Für die nächsten drei Wochen bekamen wir kein Dach mehr über den Kopf, außer einmal für fünf Stunden in Douai. Sonst balgten wir uns in den Rübenfeldern und Weizendiemen, den Schlackenhalden und kleinen Waldstücken mit den Jägern von der X. französischen Armee herum, die sich als ein verflucht zähes Volk erwiesen.

In dieser angenehmen Lage begann der Stern unseres Sergeanten Adam zu strahlen.

Wir waren alles gediente Leute und kannten uns im militärischen Betrieb aus. Wir wussten, dass eine Korporalschaft immer das sein wird, was ihr Korporal ist. Unser erster Unteroffizier, ein gutmütiger, aber etwas schwerfälliger Mensch, war im August vor Schloss Léomont schwer verwundet worden. Er war ein prächtiger Kamerad, aber kein besonderer Vorgesetzter, weil er nach oben wie nach unten zu viel Respekt hatte. Der langgediente Sergeant Adam Bürkstümmer hielt es hier anders. Er konnte sackgrob sein und war es oft genug gegen uns, aber er behauptete sich auch nach oben und scheute sich durchaus nicht, auch dem Zugführer, wenn es not tat, deutlich zu kommen. Unser Sergeant Adam war eben ein alter Kapitulant mit allen Vorzügen und fast keinen Nachteilen eines solchen gelernten Soldaten. Sein größter Vorzug war in unseren Augen sein unbedingtes und unnachgiebiges Eintreten für seine Mannschaft. Das zeigte sich überall und in allen Kleinigkeiten, die im Frontleben so häufig den Ausschlag gaben.

Wenn gefasst wurde, ob es nun Fleisch, Brot, Schnaps oder Tabak war, unser Sergeant Adam war dabei, wenn es sich nur irgend machen ließ und wachte wie ein Schießhund, dass wir auch zu unserm gebührenden Teil kamen. Anschmieren konnte keiner den Sergeant Adam, der sich zudem in dem ausgekochten Tambour Segitz einen glänzenden Helfer herangezogen hatte. Einen vorwitzigen Fourier, der es trotzdem einmal versuchte, ließ der Sergeant derart absausen, dass es bei diesem ersten und einzigen Versuch blieb. Wie jeder alte Kasernenhoftreter hatte auch unser Sergeant Adam seine Eigenheiten. Eine unvorschriftsmäßig sitzende Feldmütze oder ein offener Knopf am Waffenrock konnte ihn rasend machen. Bei solchen Anlässen brüllte er wie ein hungriger Löwe, nur dass kein Löwe jemals auf die saftigen Ausdrücke verfallen wäre, die dann unter dem stattlichen Schnurrbart des Sergeanten Bürkstümmer hervorquollen.

Gegen Ende Oktober trat jener seltsame militärische Starrkrampf ein, der nachher als Stellungskrieg berühmt geworden ist. In der ersten Zeit konnten wir uns nur schwer an diesen Zustand gewöhnen und am meisten maulte über diesen Zustand unser Sergeant Adam.

„Ein Krieg soll das noch sein?" ließ er sich dem Tambour Segitz gegenüber vernehmen. „Ein Krieg? ... Da bin ich doch schon gleich lieber bei einem Bahn- oder Wasserleitungsbau... Nichts als buddeln und wieder buddeln und wenn du glaubst, du bist endlich fertig, fällt dir die ganze Bescherung auf den Dätz, oder der Franzmann schießt sie zusammen. Da war es im August noch eine andre Kiste ..."

Worauf die Geschichte vom Sturm aus Angweiler folgte mit der entrollten Fahne, dem plötzlich zusammensackenden Major Hollweck und dem wütenden Regimentsadjutanten, der den Fahnenträger vor versammelter Mannschaft und mitten im schönsten Gefecht anschnauzte. Diese Geschichte tischte unser Sergeant Adam bei jeder passenden und unpassenden Gelegenheit auf und verriet damit, wie tief das Erlebnis in ihm saß. Damals war es noch ein Krieg nach seinem Herzen gewesen, eine klare, übersichtliche Sache mit „Sprung auf! Marsch, marsch!" schlagenden Tambouren und entrollter Fahne. Leider hatte dieser Krieg keine fünf Minuten gedauert und was seither als Krieg geführt wurde, gefiel unserem Sergeanten Adam gar nicht.

Unser Vergnügen war nun auch nicht gerade übermäßig. Drei Tage Stellung, drei Tage Ruhe, dann wieder vor und schanzen. Es ließe sich leicht etwas ausdenken, was uns mehr Spaß machen konnte. Die Stellung war danach. Sie lag bei Carency, war von drei Seiten eingesehen und gesegnet mit Läusen, Ratten und ähnlichen Annehmlichkeiten. Von unten bekamen wir Wasser, von oben Granaten und wenn wir auf unsrem Marsch von oder zur Stellung ausschauten wie eine Bande von Strauchdieben, so hatte das seine guten Gründe. Dabei fiel unsere Gruppe den übrigen Kameraden der Kompanie durch eine geradezu unverschämte Sauberkeit auf, weil unser Sergeant Adam seine Begriffe von einem ordentlich angezogenen Soldaten hartnäckig behauptete. Mit der Zeit gab der Sergeant Adam aber doch klein bei, und als er sich erst selbst einen, weiß der Himmel wo gefundenen Mehlsack über die Hose gezogen hatte, drückte er auch bei uns die Augen wohlwollend zu.

Doch austoben musste sich der unserem Sergeanten in Fleisch und Blut übergegangene Ordnungssinn und das war recht gut für uns. Im ganzen Bereich des Bataillons gab es keinen Unterstand, der mit dem unsrigen einen Vergleich aushielt. Mit der Liebe eines Künstlers war das elende Drecklochnausgestattet, und wehe dem Sünder, der auch nur im kleinsten Punkt gegen die geheiligte Ordnung und Sauberkeit verstieß. Auf ihn ging eine Schimpfkanonade herunter, dass er während ihrer Dauer von der richtigen Kanonade draußen wenig oder gar nichts hörte. Viermal fanden wir beim Besetzen der Stellung unseren Unterstand eingestürzt vor, aber jedes Mal bauten wir ihn wieder auf, voran unser Sergeant Adam, der in diesem Geschäft allmählich eine wahre Meisterschaft erlangt hatte. Auf Weihnachten zu wurden die Tage recht kalt und unbehaglich, so dass wir schnatterten und husteten in der feuchten Kälte. Auch dafür wusste unser Sergeant Adam Abhilfe. Eines Abends beim Vorgehen in Stellung brachte er mit dem Tambour Segitz zusammen einen eisernen Ofen angeschleppt, den sie in irgendeinem Haus von Avion aufgegabelt hatten. Wir schwitzten und fluchten nicht schlecht, bis wir den Ofen vor in die Stellung beförderten, waren dann aber doch froh, als wir ihn vorn hatten. Was den Winter über alles in diesen Ofen gesteckt und von ihm verdaut worden ist, entzieht sich jeder Schilderung. Er stank manchmal zum Erbrechen, weil alte Lederabfälle oder ein ähnlicher Brennstoff seinen runden, rotglühenden Wanst füllten. Aber wir gewöhnten uns schnell daran und waren einstimmig der Ansicht, dass erstickt immer noch besser als erfroren ist.

So halfen wir uns schlecht und recht durch den Winter und waren froh, als es endlich Frühling wurde. Ich war zu dieser Zeit bereits im Lazarett und heilte dort den Granatsplitter im Hinterkopf aus. Erst viel später erfuhr ich durch den Kameraden Breitinger, wie es mit unserem Sergeanten Adam weitergegangen ist. Der Breitinger stand bei Sergeant Adam in keinem besonderen Ansehen. Das erklärte sich recht einfach. Der Breitinger legte nämlich nicht den geringsten Wert auf eine vorschriftsmäßig sitzende Feldmütze, und geschlossene Knöpfe gab es an seinem Waffenrock auch nicht, weil der Breitinger meistens keinen heilen Knopf mehr am Waffenrock hatte.

Wir trafen uns, wie sich Frontsoldaten damals zu treffen pflegten, auf einem Zufallsurlaub, kannten uns sofort wieder und waren auch gleich in den Austausch alter Erlebnisse vertieft. Ich fragte dabei auch nach unserem Sergeanten Adam.

Der Breitinger kratzte sich erst nachdenklich den Struwwelkopf und suchte in seiner Erinnerung.

„Du meinst doch den mit der Fahne, und der immer so auf die Mühe und die Knöpfe gesponnen hat? ... Ja, der ist auch ..."

Hier folgte eine Handbewegung, die alles sagte. Ich war neugierig und drang in den Breitinger, doch Näheres zu berichten.

„Also, was soll ich da erzählen? ... Du bist ab Mai nicht mehr draußen gewesen?... Da hast du einen Mordsdusel gehabt, alter Freund ... Das war dir nämlich eine ekelhaste Kiste ... Die alte Stellung hast du wohl noch im Kopf?... Na, gut!... Da haben sie dir vielleicht hereingefunkt ... Der Sergeant Adam ist mit dem Flicken gar nicht mehr nachgekommen ... Wie sie uns gar noch den eisernen Ofen umgeworfen haben, da hat der Sergeant das Handwerk aufgegeben und sich zu uns hinter die einzige, noch halbwegs erhaltene Schulterwehr gehockt ... Es muss so gegen zehn Uhr gewesen sein, bei helllichten Tag... Da sind sie uns auf den Pelz gerückt... Alpenjäger waren es... Du kennst die Sorte ja ... Wir haben gepulvert, was aus dem Lauf gegangen ist, und mit Handgranaten ist auch nicht von uns gespart worden ... Wir haben die Brüder auch richtig abgeschmiert... Aber rechts von uns, auf Souchez zu, sind sie in hellen Haufen über die Stellung weg... Das konnte gut werden, dachte sich jeder bei uns ... Aus dem Mausloch kommen wir nicht mehr heraus ... Schon gleich am Anfang hat es den Zugführer erwischt... Kopfschuss! ... Weg! ... Da nimmt uns aber der Fahnensergeant unter seinen Befehl... Du weißt ja:

Brüllen hat der Mensch können, dass kein Mörser gegen ihn ausgekommen ist ... Ich hab bei ihm keine besondere Nummer gehabt und er bei mir auch nicht... Aber alles, was Recht ist: Ein Soldat durch und durch ist dieser alte Kommisskopf doch gewesen ... Wir haben uns den ganzen Nachmittag bis in den Abend hinein mit den Alpenjägern herumgeschossen ... In die Stellung ist keiner gekommen, und wär es rechts und links von uns auch so gegangen, dann hockten wir heut noch in dem Dreckloch bei Carency ... Was soll ich noch sagen? ... In der Nacht haben sie wieder zu funken angefangen und auf einmal heißt es, der Sergeant ist gefallen...

Es muss ein schwerer Koffer gewesen sein, denn zu finden war von dem Sergeanten nicht mehr viel ... Badische Grenadiere haben uns dann abgelöst ... Die Kompanie hat mit sechsundvierzig Mann in Vimy gesammelt..."

Der Breitinger zog erst eine tüchtige Prise Schnupftabak in die Nase, bevor er noch meinte: „Derselbe Koffer hat übrigens auch den windigen Schachtelkratzer, den Tambour Segitz erwischt … Er ist mit dem Sergeanten ja bei Lebzeiten immer zusammengesteckt … Da ist es eigentlich in der Ordnung, dass sie im selben Massengrab liegen …"

Das ist die Geschichte vom Sergeanten Adam, der mit der Fahne in den Krieg zog und es nie verwinden konnte, dass der Krieg ganz anders gelaufen ist, als er erwartete. Ich kann ihn noch gut vor mir sehen: Gewachsen wie ein Samenbaum, ein Mannskerl von bestem Frankenschlag. Wenn ich endlich einmal den seit Jahren gehegten Plan, die Schlachtfelder um Arras auszusuchen, durchführen kann, werde ich nicht an der Stelle vorübergehen, wo der Sergeant Adam gefallen ist.

## Ende

**Weitere Bücher von Alexander Kronenheim:**

[ISBN: 9783743161863]

## TITEL: **FRONTSOLDAT**

DIESER ROMAN BESCHREIBT DIE KRIEGSTATEN, FRONTSCHICKSALE UND DAS ALLTAGSLEBEN AUS DER SICHT EINES LANDSERS. IN TAGEBUCHAUSSCHNITTEN WERDEN DIE ERBARMUNGSLOSEN GEFECHTE WIE AUCH SCHICKSALHAFTE WEGE EINZELNER PROTAGONISTEN BESCHRIEBEN. AUSZUG:
VON SÜDEN HER EIN SCHWACHER KNALL, NOCH EINER UND NOCH EINER, JETZT EIN VIERTER. EIN UNHEIMLICHES HEULEN UND WINSELN FOLGT UND RECHTS VON UNS SPRITZT DIE ERDE METERHOCH AUF. DANN HINTER UNS, LINKS VON UNS, VOR UNS. VERDAMMT NOCH MAL! SIE ZIRKELN UNS MIT GRANATEN AB. „IN DEN WALD HINEIN! MARSCH, MARSCH!" . . . WIR RENNEN, WAS DIE LUNGE HÄLT, DENN GEGEN GRANATEN HILFT TAPFERKEIT GAR NICHTS.
RUMS! RUMS! . . . NUN WIRD'S GUT! KEINE HUNDERT METER HINTER UNS SCHNELLT EIN HAUSHOHER QUALMBAUM AUF. SCHWERES KALIBER!
JETZT SIND WIR GANZ EINGESCHLOSSEN UND HOCKEN IN UNSEREM WÄLDCHEN.
EINE NEUE BATTERIE SCHIESST SICH NUN AUS EINER ANDEREN RICHTUNG EIN. SIE VERMUTET UNS WOHL AN DER WESTLICHEN ECKE DES WÄLDCHENS, DENN DORTHIN HÄLT SIE MIT ERSTAUNLICHER HARTNÄCKIGKEIT.

# Bunker

[ ISBN: 9783738647686 ]

## TITEL: **BUNKER**

DIES IST DIE GESCHICHTE VOM SCHICKSAL EINES WEHRMACHTBUNKERS AN DER FRONT UND SEINER BESATZUNG, WELCHE UNTER FÜHRUNG EINES ENTSCHLOSSENEN UNTEROFFIZIERS TAPFER DIE AUSSICHTLOSE STELLUNG VERTEIDIGT UND DABEI UM DAS ÜBERLEBEN KÄMPFT. AUSZUG:
„'RAUS AUS DEM BUNKER!... WIR BESETZEN DEN LAUFGRABEN...
AM KNIE VOR DEM TRICHTER, VIERZIG METER NACH RECHTS, STELLUNG! . . . SCHARF ANS GEWEHR! . . . BIEGLER NIMMT EINEN MUNITIONSKASTEN .."
DEN STAHLHELM NOCH IN DER HAND, KROCH DER UNTEROFFIZIER ZUERST HINAUS, HINTER IHM DER SCHÜTZE SCHARF MIT DEM AUFGEBUCKELTEN MASCHINENGEWEHR, UND ZULETZT BIEGLER, DER DEN MUNITIONSKASTEN AN SICH PRESSTE, ALS GINGE ER DAMIT TANZEN.
GEBÜCKT RANNTEN DIE DREI LEUTE DURCH DEN SCHMALEN SCHLAUCH. AN DER KNICKUNG WARF SICH DER UNTEROFFIZIER HIN UND WINKTE SCHARF AN SEINE SEITE.
KNAPP DREIHUNDERT METER VOR IHNEN, ABER NOCH KEINE ZWANZIG METER ÜBER IHNEN, KURVTE DER FLIEGER, EIN HABICHT, DER NOCH NICHT RECHT ENTSCHLOSSEN IST, VON WELCHER SEITE ER AUF DAS VERDATTERTE OPFER STOSSEN MUSS.
SCHARF HATTE DAS MASCHINENGEWEHR IN STELLUNG GEBRACHT. DER UNTEROFFIZIER SASS DAHINTER, FINGER AN DER AUSLÖSUNG, DEN STAHLHELM HALB IM GENICK.
„WENN DER SAUHUND BLOSS EINMAL WENDEN WÜRDE ...! ICH BEKOMM' IHN NICHT RICHTIG HEREIN ... AH! ENDLICH!..."
DAS MASCHINENGEWEHR BELLTE LOS.

**Weitere Romane von Alexander Kronenheim:**

Alarich – Der Eroberer von Rom [ISBN: 9783741208737]

Unter der Macht Roms [ISBN: 9783741237423]

**Rom im Untergang (Reihe)**

Teil 1 – Eine neue Macht [ISBN: 9783734787911]

Teil 2 – Kampf in Germanien [ISBN: 9783734787928]

Teil 3 – Die Rückkehr der Götter [ISBN: 9783734745560]

Teil 4 – Entscheidungsschlacht Frigidus [ISBN: 9783734791222]

Teil 5 – Aetius - Roms letzter Adler [ISBN: 9783738635034]

Teil 6 - Aetius – Attilas Zorn [ISBN: 9783738635874]

Teil 7 – Aetius – Zerstörung Aquileias [ISBN: 9783738635904]

Die Schlacht bei Fehrbellin [ISBN: 9783738648454]

Marienburg – Kampf und Schicksal [ISBN: 9783734796340]

Nephoris – Töchter des Cheops [ISBN: 9783738647631]